Michael H. Fuhrmann
Hindernislauf
Geschichten aus einem Männerleben

MICHAEL H. FUHRMANN

Hindernislauf

Geschichten
aus einem Männerleben

Books on Demand GmbH, Norderstedt

Impressum:
© 2010 Michael H. Fuhrmann
Herstellung und Verlag:
BoD, Books on Demand GmbH, Norderstedt
ISBN 9783842327757

Grüß Gott!

Ich begrüße Sie herzlich. Offensichtlich sind Sie bereit, mich in diesem Buch eine zeitlang durch mein Leben zu begleiten. Darüber freue ich mich. Ich hoffe, dass auch Sie beim Lesen etwas Freude an meinen Geschichten finden.

Die Geschichten führen weit zurück ins vergangene Jahrhundert. Es wird Sie nicht verwundern, dass damals vieles anders war. Wenn ich von meiner Kindheit berichte, werden Sie vielleicht manches nicht für möglich halten, beispielsweise die heute kaum mehr verstehbaren Strafmaßnahmen von Eltern, Pfarrern und Lehrern.

Auch mein Weg vom Lehrling zum Meister würde heute so niemand mehr gehen wollen. Einmal davon abgesehen, dass mir dabei der ganze Beruf abhanden gekommen ist.

Möglicherweise wird es Ihnen auch seltsam vorkommen, wie nahe ich an die katholische Kirche heran gerückt bin, schon als kleiner Messdiener und später sogar in seelsorgerischer Verantwortung. Dass ich dabei mein eigenes Mannsein besonders unter die Lupe nehmen durfte, bleibt auch für mich ein erstaunlicher Vorgang.

Mehr soll hier nicht mehr gesagt sein. Sie wollen die Geschichten ja selber lesen. Dazu wünsche ich Ihnen ein paar schöne Lesestunden!

Michael H. Fuhrmann

Erster Teil
DIE FRÜHEN JAHRE

Ein Erzengel als Namenspatron

Geboren wurde ich am 2. April 1934 in Altenahr. Es war an Ostern, wenn ich meiner Mutter glauben darf. Nachgeprüft habe ich es nicht. Aber ich war immer stolz auf diesen Geburtstag. Wenn andere renommierten, ein Sonntagskind zu sein, dann konnte ich das lässig toppen. Immerhin ist Ostern für einen Katholiken das höchste Fest im Kirchenjahr. Hinzu kam dann noch der Name Michael. Erzengel Michael. Das Kirchenlied am Michaelistag drückte es unmissverständlich aus: „Unüberwindlich starker Held, Sankt Michael!" Hatte er nicht die himmlischen Heerscharen angeführt, als es zur Entscheidungsschlacht gekommen war? Michael gegen Luzifer. Und gewonnen natürlich.
Dass ich mit Zweitnamen noch Heinrich getauft wurde, war fast unerheblich. So hieß mein Papa, den ich aber zu dieser Zeit wenig wahrnahm. Eher schon meinen Großvater, meinen Taufpaten, von dem ich den Namen Michael übernommen hatte. Dieser Großvater war in seinen jungen Jahren eine feste Größe im Dorf gewesen. Bürgermeister oder doch mindestens Ortsvorsteher, mächtig an Figur

und gewaltig an Stimme. Sonst auch noch so manches. So war er beispielsweise nebenher noch Feldschütz und als solcher mit einer Flinte ausgestattet. Wenn in meiner Familie die Rede auf diesen Punkt kam, wurden die Stimmen unsicher und die Andeutungen blumig. Erst viel später konnte ich mir das eine oder andere zusammen reimen. Er muss wohl neben seiner treu sorgenden Gattin Veronika auch noch eine Freundin gehabt haben. Es ging die Mär, dass sie von seinem nebenher erbeuteten Wildbret so manchen Sonntagsbraten eingeheimst hat.

An Ansehen hat das meinem Großvater kaum geschadet. Immerhin war er es gewesen, der sich für den Bau der Eisenbahn im Ahrtal stark gemacht hatte. Für mich war er jedenfalls ein großes Vorbild. Ein Michael, wie auch ich einer werden wollte.

Mein Elternhaus

Mein Elternhaus stand in Altenahr, einem kleinen Weinort an der Ahr. Heute sind von diesem Haus nur noch ein paar Mauerreste übrig. Schon zu meinen Kinderzeiten war es renovierungsbedürftig. Doch das habe ich damals nicht beachtet. Später, als meine Eltern gestorben waren, wurde es abgerissen zusammen mit einem noch viel kleineren Nachbarhaus.

Wenn ich heute nach Altenahr zum Grab meiner Eltern fahre, dann komme ich immer an dieser Abriss-Stelle vorbei. Ich stehe davor und kann es kaum fassen, dass hier einmal ein Haus gestanden haben soll. Es waren sogar zwei Häuser wie ich weiß. Aber der Platz ist so klein, dass bis heute niemand Interesse hat, hier zu bauen.
Als Kind empfand ich mein Elternhaus überaus schön, besonders seine Lage. Von der Straßenseite aus war der Blick frei auf den Burgberg mit der Burgruine Are, dem Wahrzeichen von Altenahr. Ein Gemäuer, das in Ritterzeiten von einem Grafen bewohnt war. Konrad von Hochstaden soll sein Name gewesen sein. Ein Edler, der auch im Zusammenhang mit der Errichtung des Kölner Doms genannt wird. Das Haus war einstöckig, plus Dachgeschoss. Die Eingangstüre teilte die Vorderfront in zwei gleiche Hälften. Wer eintrat, stand gleich im Hausflur. Die erste Zimmertüre rechts führte ins Wohnzimmer; die Türe auf gleicher Höhe links ging ins Elternschlafzimmer. Am Ende des Hausflures rechts war die Türe zur Wohnküche. Gegenüber im Flur führte ein Gang hinaus zum Hof, vorbei an der so genannten „Alten Küche", die später zu einem Badezimmer ausgebaut wurde. Am Ende des Hausflures ging eine Holztreppe über Eck nach oben. Oben rechts befand sich der Speicher, links vom Speicher kam zuerst ein schmales Kämmerchen und dann zwei weitere kleine Zimmer mit Schrägdecke.

Der Hof hinterm Haus war eingefasst von einer Scheune, einem Stall mit aufgesetztem Heuschober und einem kleinen Schweinestall. Rechts vom Schweinestall schwang sich eine Steintreppe von etwa zehn Stufen hoch auf den Garten. Wer im Garten stand, konnte über's Haus hinwegsehen in Richtung Burgberg.

Hier also habe ich meine Kindheit und ersten Jugendjahre zugebracht. Nicht nur ich, denn nach mir wurden noch drei Mädchen geboren: Liesel, Maria und Gertrud. Nach dem Zweiten Weltkrieg kam noch mein Bruder Stephan dazu. Zur vollen Hausbesatzung zählten damals meine Eltern, Tante Lies'chen, Oma Pauline und zunächst vier Kinder. Wie und wo wir alle Platz finden konnten, ist mir heute kaum noch verständlich. Damals aber schien mir meine Umgebung ausreichend groß genug.

Noch so klein und schon so krank

Erste Erinnerungen an meine Kindheit haben bei mir mit Kranksein zu tun. Ich war schon krank, ehe ich Gedanken fassen oder sprechen konnte. Ich weiß das von meiner Mama, die diese ersten Krankheitsgeschichten immer wieder erzählt hat.

Mittelohrentzündung war das erste Stichwort. Darum rankten sich ergreifende Szenen. Das Baby Michael lag in den Kissen, wälzte sich schreiend hin und her, hielt sich das Köpfchen mit den kleinen

Händchen – und niemand konnte ihm helfen. „Du konntest doch noch nicht sagen, wo's weh tut" war die Erklärung meiner Mutter. Anscheinend ist auch dem Dorfarzt keine Diagnose möglich gewesen. Ich habe wohl unaufhörlich geschrieen, Tag und Nacht. Bis dann mit einemmal ein Schwall von Blut und Eiter aus meinem Ohr auf's Kopfkissen spritzte. So dramatisch hat es Mutter Änne immer formuliert. Und weiter: „Du hättest tot sein können, wenn das nach innen gegangen wäre."

Überboten wurde diese erste Krankengeschichte von einem Ereignis, bei dem ich wohl schon ein paar Jahre alt war. Aber auch davon weiß ich nur aus Erzählungen. Hier hießen die Stichworte Lungenentzündung und Diphtherie. Beide schweren Krankheiten fielen gemeinsam über mich her. Lebensgefahr! Der Hausarzt hatte am Abend meinen Eltern wenig Hoffnung gelassen: „Wenn nicht ein Wunder geschieht..."

Diese scheinbare Aussichtslosigkeit hat die örtliche Krankenschwester über sich hinaus wachsen lassen. Was sie wirklich mit mir gemacht hat, ist nie ganz aufgedeckt worden. Heißes Öl muss mit im Spiel gewesen sein. „Wenn das rauskommt," so muss sie meinen Eltern gesagt haben, „dann bin ich meinen Beruf los." Es ist nie rausgekommen, was die tüchtige Franziskanerschwester Christophora statt eines Wunders eingesetzt hat. Jedenfalls war ich am anderen Morgen noch lebendig, und ich bin es bis heute noch. Diese Klosterschwester habe ich stets als meine Lebensretterin betrachtet. Ich habe sie sehr verehrt.

Später wurde sie von Altenahr nach Oberwinter versetzt. Dort durfte ich sie von Zeit zu Zeit besuchen. Jahre später, ich war schon um die zwanzig Jahre alt, hatte ich dort ein Erlebnis, das mir nicht mehr aus dem Kopf geht.

Wieder einmal wollte ich Schwester Christophora in Oberwinter besuchen. Doch an der Pforte sagte man mir, sie sei leider nicht zu sprechen. Ich wollte aber darauf bestehen – und dann kam sie doch, im groben Stall-Gewand, von oben bis unten verdreckt. Stallschwester sei sie jetzt, sagte sie mir sehr verschämt. Im Kloster müsse man eben das tun, was die Oberin für richtig halte.

Bis heute habe ich einen Groll auf diese Oberin. Ich weiß um das Gehorsamsgelübde von Kloster-menschen. Aber ich habe es nie verwinden können, dass die Karriere meiner genialen Lebensretterin im Schweinestall enden musste. Das Krankheitsbild Diphtherie ist bei mir noch dreimal aufgetaucht. Obwohl Fachleute sich einig sind, dass man diese Krankheit nur einmal bekommen kann, so habe ich doch insgesamt viermal Diphtherie gehabt. Meine Mama kann im Himmel als Zeugin angerufen werden. Zu ihren Lebzeiten hat sie allen Zweiflern immer wieder erklärt: „Viermal hat der Junge die Serumspritze gekriegt. Und gerade beim viertenmal war es so schwierig, das Serum zu beschaffen." Bei mir setzte sich mit der Zeit das Gefühl fest, etwas

Besonderes zu sein. So oft sterbenskrank und dann doch wieder heil – da steckt was dahinter. Vielleicht eine Aufgabe, die ich im Leben zu vollbringen habe. Bestärkt wurde diese Vermutung auch durch die oft verkündete Botschaft meiner Mutter: „Unser Doktor hat gesagt, wenn der Junge durchkommt, dann wird das mal ein ganz Starker, einer der vieles vollbringen kann."

Vorerst war ich aber nur immer wieder krank „Wenn irgendeine Plage im Dorf ist, Michael hat sie zuerst" höre ich meine Mutter sagen. Masern, Keuchhusten, grippale Infekte aller Art. Bei den länger andauernden Krankheiten war ich im Elternschlafzimmer untergebracht. Daran habe ich noch einige Erinnerungen. Mutter hatte am Kleiderhaken hinter der Türe einen weißen Kittel hängen. Den zog sie jedes Mal an, wenn sie ins Zimmer trat. Sie sah darin sehr vornehm aus. Mir gefiel das. Sorgfältig wusch sie sich nach jedem Aufenthalt die Hände mit Sagrotan. Der Name dieses Desinfektionsmittels ist mir im Gedächtnis geblieben. Sie muss dieses Mittel oft erwähnt haben, sonst wüsste ich es heute nicht mehr.

Oft saß sie lange Zeit an meinem Bett. Ich hatte es gern, wenn sie mir Geschichten vorlas. Dann hatte ich das Gefühl, dass Kranksein auch seine guten Seiten hat. In Genesungszeiten brachte sie mir Malbücher und Buntstifte. Ich weiß noch, wie sehr ich darauf bedacht war, die vorgezeichneten Bilder sorgfältig auszumalen. „Nicht über den Strich malen!" hieß die mütterliche Mahnung. Vielleicht ist damals meine penible Ordnungsliebe grundgelegt worden.

Vor den beiden Schlafzimmerfenstern zur Straße hin hörte ich die Kinder spielen und schreien. Ich kann mich nicht daran erinnern, große Lust oder Sehnsucht zum Mitspielen gehabt zu haben. Das Herumtollen ist auch später nicht meine Sache geworden. Ein Bild ist mir aus dieser Zeit noch vor Augen. Stephan Huperich, ein älterer Nachbarsjunge hebt Kinder reihum zu meinem Fenster hoch: Einmal den kleinen kranken Michael sehen.

Ein Kloster als Übungsfeld

Vom Kloster in Altenahr und seinen Schwestern war schon die Rede. Es ist aber längst noch nicht alles gesagt, was ich mit diesem Ort bis heute verbinde.

Da fällt mir zuerst der Kindergarten ein, der im Kloster untergebracht war. Selbstverständlich sollte auch ich dort hin, wenn ich nicht gerade krank war. Mir gefiel das nicht. Ich muss wohl oft geweint haben. Die Kindergartenschwester Paschalis hat das meiner Mutter berichtet. Auf ihre Nachfrage, warum ich denn immer weine soll ich geantwortet haben: „Es ist mir hier viel zu laut." Darauf hin hat die Schwester mich etwas abseits gesetzt. Ganz für mich allein mit Steckbausteinen spielen dürfen, das hat mir gefallen.

Ab und zu musste ich dann doch in die Gesamtgruppe kommen. Das gemeinsame Gebet vor der Vesperpause weiß ich noch aufzusagen: „Lieber Gott, segne unser Butterbrot." Und auch das tägliche Liedlein zum Abmarsch habe ich noch im Kopf: „Schön in die Reihe, zwei und zwei." Wenn das Aufstellen in die Zweierreihen nicht in der gewünschten Disziplin vonstatten ging, ertönte das Handglöckchen, begleitet von einer mahnenden Stimme: „Muss die Schwester zweimal klingeln?"

Auch in meinen späteren Kinderjahren spielt das Kloster der Franziskanerinnen von Altenahr immer wieder eine Rolle. Etwa zu der Zeit, als ich zur Volksschule ging. Damals war es schwer, Spielzeug für die Kleinen im Kindergarten zu beschaffen. Schwester Paschalis kam deshalb auf die Idee, einige „Ehemalige" anzusprechen, ihr bei der Spielzeugbeschaffung zu helfen. Konkret ging es darum, Männlein, Weiblein und allerhand Tiere aus Sperrholz auszuschneiden und diese dann zu bemalen.

Ich wollte da gerne mittun, hatte jedoch leider keine Laubsäge, weder Bogen noch Sägeblätter. Aber manchmal ereignet sich Geheimnisvolles. Es begann damit, dass eines Morgens unser Dorfschullehrer mit der Frage vor die Klasse trat, ob jemand von uns eine Puppe zur Verfügung stellen könnte. Ein kleines Mädchen aus seiner Verwandtschaft habe sich so sehr eine Puppe gewünscht, aber in diesen Zeiten sei nun mal keine zu kaufen. Doch vielleicht könne man tauschen. Er habe einen kleinen Laubsägekasten zum Tausch anzubieten.

Genau das war es, was ich suchte. Doch woher sollte ich eine Puppe kriegen? Meine drei Schwestern konnten keine entbehren. Deshalb riet mir meine Mutter, mich in der Verwandtschaft umzusehen. Beispielsweise bei meiner Tante Julchen in Kreuzberg. Deren drei Töchter seien der Puppenzeit längst entwachsen. Da müsste doch etwas zu machen sein.

Ich machte mich also auf den Weg nach Kreuzberg, etwa drei Kilometer zu Fuß. Leider ohne Erfolg. Nein, bekam ich zu hören. Auf keinen Fall wollte man eine von den schönen Puppen hergeben. Wenn auch das Puppenspielen vorbei sei, so wären das doch alles liebe Andenken an die Kinderzeit. Auch mein inständiges Bitten konnte niemanden erweichen. Ich musste also ohne Puppe meinen Rückweg antreten.

Hier muss ich nun etwas bekennen, was nicht gerade zu meinen besten Seiten zählt: Von diesem Tag an habe ich sie gehasst, die ganze Kreuzberger Sippschaft. Anfangs glühend, später etwas gemäßigter. Aber gemocht habe ich keinen mehr „von denen".

Zuhause angekommen war nun guter Rat teuer. Es musste doch eine Möglichkeit geben, den Laubsägekasten einzutauschen. Mit Mutter gemeinsam durchstöberte ich die Kisten und Kasten der Abstellkammer. Schließlich fanden wir, was wir suchten. Es war zwar nur ein Baby-Puppenkopf ohne Rumpf, aber das reicht, meinte die findige Mama. „Lass mich nur machen" sagte sie am Abend, als ich zu Bett ging.

Später hat sie dann ihre Nähkünste ins Spiel gebracht. Den Puppenkörper mit Armen und Beinen genäht und ausgestopft. Auch ein duftiges Kleidchen geschneidert. Schließlich den Zelluloid-Baby-Kopf obenauf befestigt. Als ich am nächsten Morgen zum Frühstück kam, saß ein allerliebstes kleines Püppchen zwischen den Kaffeetassen. Nie mehr im Leben habe ich meine Mutter so geliebt, wie an diesem Morgen. Oder vielleicht doch? Jedenfalls ist mir dieser Augenblick unvergesslich.

Mit der neu erworbenen Laubsäge habe ich ungezählte Figürchen ausgeschnitten. Zur Weihnachtszeit waren es vor allem Schäfchen und Engel.

Darüber hinaus gab es im Franziskanerinnenkloster noch manch anderes zu erleben. Um die Weihnachtszeit stand beispielsweise das Theaterspielen auf dem Programm. Dazu war im Kindergartenraum eine Bühne aufgebaut. Ein Gestell mit Rundumvorhang, der in Richtung der Zuschauer aufgezogen werden konnte. In den Bastelpausen haben wir Halbwüchsigen manchmal unsere spontanen Einfälle dargeboten. Ab und zu machten auch die Küchengehilfinnen mit, was in mir schon mal erste Zärtlichkeitswünsche aufkommen ließ.

Eigentlich war die Bühne jedoch für das jährliche Krippenspiel aufgestellt worden. Maria, Josef und das Kind in der Krippe wurden von Kindergartenkindern dargestellt. Hinzu kam viel weiteres Krippenpersonal wie Hirten und Könige. Die biblischen Texte waren von den Schwestern kindgerecht variiert.

An eine besondere Variante erinnere ich mich mit Vergnügen. Da war nämlich im Gefolge der Könige aus dem Morgenland auch ein kleiner Mohrenjunge vorgesehen. Müller`s Heinz sollte ihn spielen, ein Vorschulkind der Besitzerfamilie des Central-Hotels in Altenahr. Mit rußig-schwarzem Gesicht trat er mutig ans Krippchen und deklamierte stolz:

> Ich bin das Tonle von Tschinkalu
> und hab meinen Jesus so lieb wie`s du.
> Ich bin getauft auf den Heiligen Christ
> von Pater Pedro, dass ihr das wisst.

Im Kindergartenraum stand auch ein Harmonium. Das Instrument hat mich schon damals interessiert. Unten auf die Pedale treten und auf der Klaviatur die weißen und schwarzen Tasten drücken, das hätte ich stundenlang tun können. Aber die Schwestern sahen es nicht gerne. Verständlich, denn was dabei zu hören war, konnte wohl nur in meiner kindlichen Phantasie als Musik gelten.

Lieber schon hatten es die Schwestern, wenn ich das Kasperle-Theater aufstellte und den Kindern den

Kasper machte. Da durfte ich gerne alle möglichen Geschichten erfinden. Letztlich kam es doch immer wieder auf's gleiche heraus: Kasperle war zum Schluss der Sieger. Teufel und Krokodil blieben als Verlierer zurück und der Prinz bekam auch von mir immer die Prinzessin zur Frau.

Obwohl ich doch eigentlich ein sehr zurückhaltendes, sogar eher ängstliches Kind war, das Theaterspielen mit einer gewissen Lust am öffentlichen Auftritt hat mich stets gereizt. Auch als Heranwachsender ist das so geblieben. Wenn bei Festen und Feiern ein Gedicht vorgetragen werden sollte - Michael macht das schon. „Der kann so schön betonen" hieß es dann. „Und stecken bleiben tut der auch nicht." Das stimmte wirklich. Ich kann mich nicht erinnern, dabei einmal versagt zu haben. Allerdings wusste auch niemand, wie gründlich ich vorher geübt hatte. Und von meinem Lampenfieber hatte auch niemand eine Ahnung. Die bekannte „Nähmaschine in den Beinen" habe ich oft gespürt. Trotzdem hat es mich nicht davon abgehalten, immer wieder Auftrittsangebote anzunehmen.

Aufregung am Nikolausabend

Das Theater spielen rund um Weihnachten bringt mir ein Erlebnis in Erinnerung, auf das ich gerne verzichtet hätte. Es geht um einen Nikolausabend bei uns zu Haus. Ich sitze mit meinen drei Schwestern auf dem Chaiselongue in der Wohnküche. Erinnerungen an vorausgegangene Nikolausbesuche lassen Schlimmes ahnen. Ob der Heilige Mann vielleicht diesmal die Fuhrmanns-Kinder übersehen hat? Mutter und Tante Lies`chen meinen: „Er wird schon noch kommen." Für mich klingt das wie eine Drohung. Mir wäre es lieber gewesen, wenn der Heilige Mann mein Elternhaus nicht gefunden hätte. Doch leider konnte ich darauf nicht hoffen. Die Vorbereitungen waren eindeutig. Wir mussten singen:

> Glöcklein klingt von Haus zu Haus.
> Heute kommt Sankt Nikolaus.
> Kommt durch Schnee und kommt durch Wind,
> kommt zu jedem braven Kind.
> Aus dem Himmel kommt er her,
> hu, wie ist der Sack so schwer.
> Äpfel, Nüsse, Süßigkeit,
> alles, was das Herz erfreut.
> Wo ein gutes Kind im Haus,
> teilt er seine Gaben aus.

Genau das war die Frage: Durfte ich zu diesen guten Kindern zählen? Die Erfahrungen vergangener Jahre hätten das eigentlich positiv beantworten können. Doch ich war mir nicht sicher.

Plötzlich ertönte im Hausflur das Glöcklein. Die Küchentüre ging auf und Nikolaus kam herein. Leider war er nicht allein. Das schwarze Ungeheuer war wieder mit im Gefolge. Selten hat dieser so genannte „Hans Muff" bei unseren Nikolausbesuchen gefehlt. Doch diesmal war er besonders schrecklich anzusehen. Nicht nur die teuflische Gestalt ließ mich erzittern. Der Unhold trug einen Sack, aus dem Kinderbeine mit Schuhen an den Füßen heraushingen. Offensichtlich war irgend ein Nachbarskind ihm schon zum Opfer gefallen.

Ich muss daraufhin schrecklich geschrieen haben: „Mama, Mama, hol das Kind aus dem Sack." All die Erwachsenen und jetzt sogar meine Mutter konnten zusehen, wie „Hans Muff" in seinem Sack ein Kind wegschleppt.

Ich war nicht mehr zu beruhigen. Selbst dem Heiligen Mann Nikolaus ist nichts mehr eingefallen. Man hat wohl die Geschenktüten irgendwo abgelegt und sich schleunigst davon gemacht.

Wenn ich das jetzt überdenke, dann fällt mir auf, dass ich an diesem Abend doch wohl schon ein halbwegs großer Junge gewesen sein muss. Meine jüngste Schwester ist fünf Jahre jünger als ich. Ich war also mindestens sechs, eher sieben Jahre alt. So lange konnten Eltern damals ihre Kinder „im Kinder-Glauben" leben lassen. Das allein wäre ja noch nicht so schlimm gewesen. Absolut unverständlich bleibt es mir jedoch bis heute, unartige Kinder auf diese Weise zur Raison bringen zu wollen. Mir hat es überhaupt nicht geholfen, dass Mama und Tante Lies`chen hinterher bemüht waren, mich „aufzuklären". Natürlich sei kein echtes Kind im Sack gewesen. Man habe kleine Schühchen an ausgestopfte Strümpfe befestigt. Und der Heilige Mann mit „Hans Muff" wären eben auch nur Nachbarsleute gewesen. Nur ein Spiel. Nur ein Brauch. Ich müsse mich nicht mehr ängstigen. Wenigstens das war nun geklärt. Aber mein Vertrauen in die Erwachsenen hatte einen spürbaren Riss bekommen. Schade.

Der Spielraum erweitert sich

Mutters Rockzipfel loszulassen war nicht so leicht. Mutter Änne führte in dieser Hinsicht ein straffes Regiment. Mein Bewegungsspielraum vor der Haustüre war genau festgelegt. Von Huperich`s Haus bis zum „Törchen". Das Haus der Familie Huperich befand sich auf der gegenüber liegenden Straßenseite, etwa zwanzig Meter nach rechts. Links davon stand ein Mehrfamilienhaus, dann kam eine längere Mauer, die im unteren Teil mit einem Törchen abschloss. Die Mauer war etwa einen Meter hoch. Sie begrenzte einen tiefer liegenden Garten, zu dem man durch das Törchen über eine Steintreppe hinabsteigen konnte.
In Richtung des Törchens hatte die Gasse ein Gefälle. Zwei Häuser weiter mündete sie in die Rossbergstraße, die bergauf aus dem Ahrtal zum nächsten Dorf führte. Nach etwa dreißig Kilometern war man in Bonn. So weit konnte ich zu

dieser Zeit aber noch nicht denken. Mein Spielraum war nur „Von Huperich's bis zum Törchen". Und weil ich ein braver Junge sein wollte, habe ich diese Eingrenzung auch lange Zeit respektiert.

Eine Lockerung der mütterlichen Anordnungen entstand zwangsläufig mit Beginn meiner Schulzeit. Der Schulweg ging in die andere Richtung an Huperich's Haus vorbei, weiter zu Pfarrhaus und Kirche und dann abwärts zur Hauptstraße, die nach etwa fünfhundert Metern am Schulhaus ankam.

Schritt für Schritt erweiterte sich nun mein Spielraum, besonders als ich in der Schule mit meinem Vetter Josef Zimmermann näher bekannt wurde. Seine Mutter Greta war eine Schwester meines Vaters. Sie hatte den Küfer Willi Zimmermann geheiratet und ihr ältester Sohn Josef, genannt Jupp, wurde nun mein Freund. Jupp war ein halbes Jahr jünger als ich, hatte aber unvergleichlich mehr Freiheiten.

Hier muss wohl erwähnt werden, dass meine Mama grundsätzlich von Verwandtschaftskontakten wenig hielt. Speziell zur Familie Zimmermann hatte sie große Vorbehalte. Das betraf vor allem die Haushaltsführung von Tante Greta. „Eine so unaufgeräumte Küche gäbe es bei mir nicht" habe ich noch von Mutter Änne im Ohr. Zur Begründung ihrer Meinung über „Zimmermann's Schlamperei" führte Mama immer wieder die gleiche Geschichte ins Feld. Sie war einmal am frühen Nachmittag besuchsweise vorbei gekommen, als Tante Greta inmitten des unabgeräumten Mittagsmahls seelenruhig ihr Mittagsschläfchen gehalten hatte. Das allerdings ging weit darüber hinaus, was Mutter Änne tolerieren konnte.

Ergebnis war, dass wir wenig Kontakt zu Zimmermann`s pflegten. Gerade das war nun für meinen aufbrechenden Freiheitsdrang die Herausforderung. Einmal nicht so peinlich Ordnung halten müssen wie daheim, erschien mir besonders reizvoll.

Allein die räumlichen Dimensionen waren total verschieden. Bei Zimmermann`s gab es außer dem Wohnbereich noch drei große Remisen und ein ausgedehnter Heuboden. Hinzu kam noch der Weinkeller mit vielen Fässern und Gerätschaften. Ein phantastischer Spielraum für einen Jungen, der bisher einen großen Teil seiner Kindheit zwischen Huperich`s Haus und dem Törchen zugebracht hatte.

Zimmermann's Jupp wurde mein neuer Freund, und damit eröffnete sich für mich ein bisher unbekannter Lebensraum. Nicht ganz ohne Angstgefühle, denn so viel bisher Verbotenes nun einfach tun, das musste zuerst einmal eingeübt werden.

Zwei unterschiedliche Mütter

Ich sagte es schon: Tante Greta und meine Mutter waren zwei unterschiedliche Frauen. Mutter Änne war äußerst penibel. Sie hielt auf absolute Sauberkeit und Ordnung. Das hieß beispielsweise, nicht mit schmutzigen Schuhen ins Haus kommen. Hände waschen, Kleider in Ordnung halten, Spielzeug aufräumen. Sie selbst hielt sich streng an ihre Vorgaben. Das Geschirr wurde sofort nach der Mahlzeit gespült und eingeräumt. Der Küchenherd, damals noch mit Holz und Kohlen geheizt, wurde nach dem Kochen blank geputzt. Putzeimer und Aufnehmer standen in Reichweite. Es gab den Spruch: „Bei uns könnte man von der Erde essen." Gemeint war, dass auch der Fußboden peinlich sauber sein sollte. Wenn Vater Hein schlecht gelaunt war oder der Mutter eins auswischen wollte, dann stürmte er mit schmutzigen Arbeitsstiefeln quer durch die Wohnung. Das war ausreichend, um Mutter Änne zur Verzweiflung zu bringen.

Ganz anders Tante Greta. Jetzt wo ich mit meinem Freund Jupp öfter in ihrem Haus war, wurde mir ihre ganz andere Lebensart bewusst. Von der unaufgeräumten Küche war schon die Rede. Aber auch sonst waren die Unterschiede gegenüber daheim deutlich.

Es gab kaum Verbote, was zu der Vermutung führte: Zimmermann's Kinder dürfen alles. Außer meinem Freund Jupp und mir wuselten ja noch seine Geschwister Rudi, Maria, Veronika und Christel durchs Haus, die passenden Freunde und Freundinnen nicht mitgezählt. „Lasset die Kinder zu mir kommen" zitierte Tante Greta lachend die Bibel immer dann, wenn die Situation unübersichtlich wurde. Und das war oft so, was die stets gelassene Hausfrau jedoch nicht aus der Ruhe bringen konnte. War es nun Phlegma, wie meine Mutter es bezeichnete, oder war es ein unerschütterliches Gottvertrauen, wie Tante Greta ihre Lebensart verstanden wissen wollte? Die beiden Mütter kamen nicht überein.

„Den Kindern passiert nichts. Die haben einen guten Schutzengel." Diese religiös abgesicherte Behauptung von Tante Greta wollte meine Mama nicht gelten lassen. Als fromme Katholikin hatte sie allerdings auch kein überzeugendes Gegenargument.

Den unschlagbaren Beweis für belohntes Gottvertrauen konnte Tante Greta meiner ängstlichen Mama dann auch bald präsentieren. Ort des Geschehens: Zimmermann`s Veranda. Diese in Altenahr seltene Baulichkeit zierte Zimmermann`s Hinterhaus. Wer über das Geländer schaute, sah im etwa acht Meter tiefer liegenden Garten auf einen Hühnerstall, der ringsum und oben mit Maschendraht umfasst war. Die Veranda war ein beliebter Spielplatz für große und kleine Kinder. Meiner Mama war dieser Ort unheimlich. Was da nicht alles passieren konnte! Runterfallen und sich den Hals brechen könnte man, hielt sie Tante Greta vor, die dann ihrerseits das Schutzengelargument parat hatte.

Eines Tages ist es dann tatsächlich passiert. Zimmermann`s jüngste Tochter war aufs Geländer gekrabbelt und runter gefallen. Ohne Schaden zu nehmen, versteht sich. Der Maschendraht hatte sie aufgefangen. Oder war es doch der Schutzengel, gewesen, wovon Tante Greta weiterhin fest überzeugt blieb.

Schwimmen sollte man können

Meiner Mutter Änne war es nicht wichtig, ihren ältesten Sohn schwimmen lernen zu lassen. In die Ahr gehen, war eigentlich für mich verboten. Das hatte Mama von ihrer eigenen Kindheit einfach auf mich übertragen. Zwar wurde erzählt, dass auch sie zu ihrer Schulzeit hin und wieder Lust verspürt habe, in die Ahr zu gehen. Natürlich nur so mit bloßen Füßen, den Rock ein wenig nach oben geschürzt. Dabei sei sie aber mal von ihrer Lehrerin erwischt worden. Und dann habe es gehörig Strafe gegeben wegen unanständigen Benehmens. Es sei eben unschamhaft gewesen, wenn Mädchen ihre nackten Beine gezeigt hätten.
Gar so prüde wollte meine Mutter zu meiner Zeit zwar nicht mehr sein. Allerdings bleibt es ein wenig seltsam, dass keine von meinen drei Schwestern je schwimmen gelernt hat.
Für mich sollte das nicht gelten, hatte ich mir vorgenommen. Natürlich war für mich niemand da, der mir das Schwimmen beibringen konnte. Doch selbst ist der Mann! Ich musste mir halt selber

helfen. Jungen in meinem Alter übten damals eben so lange, bis sie es konnten. Übungsort war eine kleine Strecke des Flüsschens Ahr hinter den Hotelgärten. Auf der Höhe vom Hotel Ruland hatte die Strömung Steine und Geröll weggeschwemmt, so dass auf einer Breite von cirka zwei Metern und einer Länge von etwa zehn Metern das Schwimmen möglich war. Wassertiefe höchstens ein Meter, eher weniger. In diesem knappen Bereich tummelten sich die Jungen und auch ein paar Mädchen, alle mit dem Ziel, eines Tages schwimmen zu können.

Zuerst ging es ums Tauchen und Luft anhalten. Dann ein paar Züge unter Wasser schwimmen. Wer das konnte, wagte es auch über Wasser, drei Züge, fünf Züge, und später so weit wie es ging. Besonders weit ging es nie, denn bald stieß man mit den Knien an die Steine, weil die tiefe Strecke zu Ende war. Irgendwann hatte ich das Gefühl: Ich kann es - in Richtung Wasserlauf und auch gegen den Strom. Letzteres galt als Zertifikat. Mehr war „hinter Ruland`s" nicht zu machen.

Die höheren Weihen gab es damals nur im Langfigtal. Dort befand sich eine Ausbuchtung der Ahr, etwa fünfzig Meter im Durchmesser und mehr als zwei Meter tief. Um diesen großen Tümpel herum lagerten die Jungen und Mädchen, die wirklich schwimmen konnten. Zu denen wollte ich nun auch gehören.

Also legte ich mich auf die Wiese in der Hoffnung, eines Tages mutig genug zu sein, meine Kunst beweisen zu können. Ich wartete mehrere Nachmittage lang. Dann wurde Stephan Huperich auf mich aufmerksam. Er war ein Nachbarjunge, mehrere Jahre älter als ich, groß und schwimmerfahren. „Willst du mal rüber?" Ich zögerte, aber ich wollte. „Ich schwimme mit" sagte Stephan, und dann kam die Stunde der Wahrheit. Zum ersten Mal fünfzig Meter hin und die gleiche Strecke zurück, ohne anzuhalten. Ich habe es geschafft. Zwar mit viel Herzklopfen, aber auch im Vertrauen auf Stephan, der mit beruhigenden Worten neben mir schwamm. „Er kann`s" sagte er nachher denen, die auf der Wiese lagen. Für mich war das wie ein Ritterschlag. Ich konnte schwimmen.

Zweiter Teil
MIT HAUT UND HAAREN KATHOLISCH

Weihnachten

Meine erste Erinnerung an Weihnachten führt mich ins Elternhaus meines Vaters. Ich stehe als kleiner Junge in einem abgedunkelten Zimmer. Kerzen brennen am Weihnachtsbaum und ich sehe ein großes Schaukelpferd. Ein alter Mann mit weißem Bart kommt auf mich zu. Es ist mein Großvater und ich höre ihn sagen: „Das Schaukelpferd hat dir das Christkind gebracht. Setz` dich mal drauf."
Ich habe dieses Schaukelpferd sehr geliebt. Und wenn auch mit den Jahren Mähne und Schwanz den Ereignissen zum Opfer gefallen sind, das hölzerne Rösslein hat mich lange Zeit über so manchen Kinderschmerz hinweg geschaukelt.
In späteren Jahren bekam ich zu Weihnachten von meinen Eltern immer wieder Zinnsoldaten ge-schenkt, andere Jungen auch, und so konnte man tauschen. Den mit dem langen Säbel gegen den auf dem Pferd. Wichtig war, möglichst viele zu haben, um Kompanien und Heerhaufen zusammen stellen zu können. Eine hölzerne Burg gehörte mit ins Ensemble. Auch ein kleiner Panzer, der zur Angriffsfahrt mit einem Schlüssel aufgedreht wurde. Dann feuerte er sogar Funken aus dem Kanonenrohr.

Krieg spielen passte in die Zeit. Ein Weihnachtslied hatte unsere Kinderwünsche vorformuliert: „Bitte, lieber Weihnachtsmann, komm zu uns und bringe Musketier und Grenadier." Und ein paar Zeilen weiter: „Ja, ein ganzes Kriegesheer möcht` ich gerne haben."

Weihnachtsmann und Christkind hatten sich also „im Reich" schon zusammen getan. „Hohe Nacht der klaren Sterne" wurde mit der gleichen Inbrunst gesungen wie „Stille Nacht, heilige Nacht." Solches geschah auch in unserem Wohnzimmer, obwohl wir nie einen Zweifel daran hatten, eine gutkatholische Familie zu sein.

Weihnachten blieb trotzdem ein kirchlich geprägtes Fest. Der Heilige Abend galt allerdings zu meiner Kinderzeit noch nicht als Weihnachtstag. Er war vollgestopft mit Vorbereitung. Und es war ratsam, Mama oder Tante Lies`chen nicht in die Quere zu kommen.

Tante Lies`chen war übrigens am Heiligabend für ein paar Stunden nicht zu finden. In dieser Zeit blieb das Wohnzimmer fest verschlossen. Auf Nachfrage bei Mutter bekam ich dann zu hören: „Tante Lies`chen hilft dem Christkind." Ich sollte auch lieber zum Fenster rausschauen, ob nicht schon die Engelchen unterwegs seien.

Vater Hein war am Heiligabend nicht auf Arbeit. An diesem Tag saß er in der Wohnküche und war meistens schlecht gelaunt. In späteren Jahren durfte ich dann auch von Mutter den Grund für seine

Brummigkeit erfahren. Papa sei früher vor allen hohen Feiertagen zur Beichte gegangen. Und es habe ihn sehr angestrengt, bis zur Heiligen Kommunion am Festtag möglichst sündenfrei zu bleiben.

Das eigentliche Weihnachtsfest war bei uns erst am 25. Dezember. Der Tag fing an mit dem Gang zur Kirche. Morgens um 6.00 Uhr begann die so genannte Mette; Engelamt und Hirtenamt folgten ohne Pause hintereinander. Anschließend ging es heim zum Frühstück.
Nach dem Frühstück war Bescherung. Erwachsene und Kinder gingen in kleiner Prozession hinüber zum Wohnzimmer. Ein Glöcklein hatte den Start dazu gegeben. Die Kerzen brannten am Weihnachtsbaum. In der hauseigenen kleinen Krippe war alles versammelt, was wir schon in der Kirche gesehen hatten: Maria und Josef und das Jesuskind, dazu Ochs und Esel sowie die Hirten mit den Schafen.
Wir standen in einer Reihe vor der Krippe und sangen: „Ihr Kinderlein kommet" und „O du fröhche..."Dann hörten wir noch einmal das Weihnachtsevangelium, und erst danach durften wir uns die Geschenke ansehen. Viel Zeit blieb nicht, das eine oder andere genauer zu betrachten oder gar mit spielen zu beginnen, denn bald schon läuteten die Glocken zum Hochamt. Das war der feierlichste Gottesdienst des Tages. Kirchenchor und Orchester

hatten sich in der Adventszeit viel Mühe gemacht, etwas Außergewöhnliches darzubieten.

In späteren Jahren war ich selbst daran beteiligt. Zuerst als Ministrant am Altar. Dann als Sängerknabe mit Sopranstimme und schließlich im Chor in der Bass-Ecke. Weiter will ich den Ereignissen nicht vorgreifen. Eines aber galt auch schon für die frühe Kinderzeit: Nach dem Hochamt gab es das Mittagessen und kurz danach um 14.00 Uhr den Vesper-Gottesdienst. An all dem war Präsenzpflicht. Insoweit sind meine Erinnerungen an Weihnachten vor allem mit der katholischen Kirche verbunden - angestrengt fromm von Kindesbeinen an.

Unsere zweite himmlische Mutter

Mutter Änne war eine glühende Verehrerin der Gottesmutter Maria. Für sie war Maria „die erste Adresse" im Himmel, zuständig für alles Beklagenswerte im irdischen Jammertal. Das galt besonders für die weiblichen Nöte und Sorgen beim Kinderkriegen.

Ich, der Erstgeborene, hatte meiner Mutter bei meiner Geburt keine übermäßigen Schmerzen bereitet. Dafür erhielt die Gottesmutter viel Lob und Verehrung. Auch ein sichtbares Dankeschön dergestalt, dass möglichst bald einem weiteren Kind das Leben geschenkt werden sollte. Mutter Änne wurde also kurz nach meiner Geburt wieder schwanger. Doch als meine Schwester Liesel sich anschickte zur Welt zu kommen, haben sich wohl große Schwierigkeiten ergeben. Mutter war gerade noch einmal mit dem Leben davon gekommen. Selbstverständlich auch dank der himmlischen Fürsprecherin. Allerdings war man auch gewarnt und dem Gedanken aufgeschlossen, mit den weiteren Schwangerschaften etwas zu warten. Etwa drei Jahre dauerte die Pause. Dann war das dritte Kind unterwegs.

Damit wurde das Thema „Maria Hilf" wieder aktuell. Man erzählt sich, Mutter Änne habe täglich beim Gnadenbild in der Kirche gekniet und ungezählte Opferkerzen angezündet. Nicht ohne Erfolg, denn die dritte Geburt muss auffällig gut verlaufen sein. Die Gottesmutter hatte wieder einmal geholfen. Zum Dank erhielt meine zweite Schwester den Namen Maria. Auch die darauf folgende Geburt meiner Schwester Gertrud hat keine weiteren Schwierigkeiten gemacht.

Etwa um diese Zeit ist dann dem kleinen Michael aufgefallen, dass neben der irdischen Mutter noch eine himmlische Frau die Geschicke unserer Familie in der Hand hatte. Ihr Name war täglich in aller Munde. „Gegrüßet seist du, Maria" hörte ich bei jedem Tischgebet, auch an jedem Abend ehe es zu Bett ging. Darüber hinaus verstand es Mutter Änne, meiner Lust am Gedichte aufsagen Texte anbieten, die sich fast alle zu gegebener Zeit als Marienlieder singen ließen.

In katholischen Gemeinden ist es bis heute der Brauch, den Monat Mai in besonderer Weise mit der Mutter Jesu in Verbindung zu bringen. Der Mai ist der Marienmonat. „Maria Maienkönigin, dich will der Mai begrüßen" heißt es im Lied. Und weiter „O segne seinen Anbeginn und uns zu deinen Füßen."

Bei uns daheim hatten wir im Monat Mai ein eigenes Mai-Altärchen. In den ersten Maitagen wurde es von unserer Mutter in der Wohnstube aufgebaut. Wenn man ins Zimmer trat, stand links hinter der Türe ein Vertiko, so nannten wir unseren Wohnzimmerschrank. Niemand von uns wusste, warum das Möbel diesen Namen trug. Später habe ich nachgelesen, dass man früher kleine Zierschränke so nannte, angeblich nach dem Namen des ersten Verfertigers. Der Schrank hatte einen kleinen gedrechselten Aufbau, auf dem nun im Monat Mai eine Marienstatue ihren Platz fand. Links und rechts von ihr waren Kerzen aufgestellt. Auf dem Schranksockel, wo sonst das Jahr über Bilderrähmchen mit Familienfotos standen, blühten jetzt in vielen Vasen die Frühlingsblumen.

Vor dieser prächtigen Kulisse nahmen nun an den frühen Maienabenden meine Schwestern und ich, sowie Mama und manchmal auch Tante Lies`chen Aufstellung. Alles was wir Kinder bis dahin an Marienliedern und einschlägigen Gebeten auswendig gelernt hatten, kam zur Darbietung; laut und vernehmlich, so dass sich draußen auf der Gasse auch andere Kinder für unsere Maiandacht zu interessieren begannen. Während wir am Mai-Altärchen aus vollem Herzen sangen, bevölkerte sich die unserem Haus gegenüber liegende Gartenmauer mit all denen, die durchs Wohnzimmerfenster unserem frommen Tun zusehen wollten. Alsbald hörten wir drinnen die lauthals herüber gerufenen Zuschauermeinungen der kleinen Spötter, die mich und meine Schwestern wohl gerne etwas aus der Fassung bringen wollten.

So ganz haben sie es nicht geschafft, wahrscheinlich deshalb, weil unsere Mutter uns gemahnt hatte, eigene Überzeugungen auch gegen äußeren Widerstand zu präsentieren.

Der eifrige Ministrant

Wenige Schritte von meinem Elternhaus entfernt stand unsere Pfarrkirche, ein Ehrfurcht gebietendes Bauwerk aus der Zeit der Romanik. Die räumliche Nähe zu dieser Kirche war für meine Entwicklung absolut prägend. Schon um sechs Uhr morgens wurde ich von der Frühglocke geweckt. Danach läutete es noch zweimal als Einladung zur allmorgendlichen Messfeier um sieben Uhr. Wer hätte da noch schlafen können? Mutter Änne sah darauf, dass ich täglich rechtzeitig in die Kirche kam.

Es war darum auch naheliegend, mich zu gegebener Zeit als Ministranten anzubieten. Die ortsübliche Bezeichnung für dieses Amt hieß Messdiener, eine Aufgabe, die damals nur dem männlichen Teil unserer Kinderschar übertragen wurde. Und unter diesen wurde noch sehr sorgfältig ausgewählt. Für meine Erwählung sprach der Umstand, gleichsam auf Zuruf zur Verfügung zu sein.

Zu dieser Zeit hielt sich das Zweite Vaticanum noch in Gottes Ratschluss verborgen. Papst Pius XII. führte die Katholische Kirche an. Für den Gottesdienst hieß das: Der Priester stand in der Messe mit dem Gesicht zum Altar, die Messdiener ebenfalls. Gebetssprache war Latein, auch für die Messdiener. Daraus ergab sich eine längere Lehr- und Lernzeit, der so genannte Messdienerunterricht, der wöchentlich zu besuchen war.

Niemand wurde für den Altardienst zugelassen, der die lateinischen Messgebete nicht aufsagen konnte. Alle Texte musste man auswendig können und das möglichst schnell. Denn auch der Pfarrer hatte für seinen Teil meistens ein gehöriges Tempo drauf. Gelernt wurde anfangs durch Vorsagen und chorisches Wiederholen, also nach dem Gehör. Der Inhalt blieb dabei weitgehend unverstanden.

Kaplan Leister, der zu dieser Zeit bei uns die Gemeinde leitete, war ein strenger Mann. Groß und athletisch von Gestalt, schwarzhaarig und mit kräftiger Stimme wusste er sich Respekt zu verschaffen. Wenn er zornig wurde, war es angezeigt in Deckung zu gehen.

Ich habe noch eine Erzählung meiner Mutter in Erinnerung, die auch einigen Aufschluss über mein eigenes Temperament zulässt. Kaplan Leister sei einmal zu ihr gekommen und habe ihr davon berichtet, dass ihr Sohn Michael in gewissen Situationen außer sich vor Wut geraten könne. Er habe mich dabei beobachtet und möchte nun meine Mutter warnend darauf hinweisen. Er selbst, so habe er gesagt, hätte auch mit diesem Jähzorn zu kämpfen und wüsste sehr genau, welch schlimme Folgen das haben könnte.

Bald darauf gab es dafür ein erschreckendes Beispiel. Es war im Religionsunterricht, der zur Hitlerzeit nicht in der Schule, sondern in kircheneigenen Räumen stattfand. Wir saßen in Stuhlreihen, Kaplan Leister stand vorne. Es herrschte mehr Unruhe, als er ertragen konnte. Dabei tat sich ein Mädchen mit Namen Martina besonders hervor, deren Familie ohnehin in der Kirchengemeinde einen zweifelhaften Ruf hatte. Was nun auch immer das Fass zum Überlaufen gebracht haben mag, weiß ich nicht mehr. Jedenfalls sah ich, wie Kaplan Leister plötzlich nach dem Schlüsselbund griff und diesen in voller Wucht Richtung Martina schleuderte. Er hat nicht getroffen. Und das war wohl sein Glück. Die großen Kirchenschlüssel hätten das Mädchen schwer verletzen können.

Zurück zum Messdienerunterricht. Da hatte Kaplan Leister auch seine guten Seiten. Wenn wir genug geübt hatten, durften wir einer langen Fortsetzungslesung lauschen, in der eine tapfere Messdienerschar von Abenteuer zu Abenteuer pilgerte. „Die zwölf Verschworenen auf Wallfahrt" hieß der Buchtitel, wenn ich mich recht erinnere. Noch heute spüre ich dieses gewisse Sehnen nach Aufbruch und Weite, das ich damals gerne in mein beengtes Knabenleben hineingelassen hätte.

Vorerst galt es jedoch, die Hierarchietreppe des Messedienens Schritt für Schritt zu erklimmen. Der Aufstieg ging über viele Stufen, und das im wörtlichen Sinne. Unterste Stufe war der Dienst an den Kerzen in feierlichen Gottesdiensten. Dazu kniete man auf der untersten Stufe des Altarraums und hielt dabei eine brennende Kerze in der Hand; jeweils vier Buben auf jeder Seite des Mittelganges. Spürbar aufwärts war man gekommen beim Akolythendienst. Dazu trug man große barocke Kerzenhalter mit dicken Kerzen, die beim Umzug das Tragekreuz flankierten. Dieses große Kreuz tragen zu dürfen, galt ebenfalls als gehobener Dienst.

Eine weitere Stufe hatte erklommen, wer das Rauchfass schwingen durfte. Dazu war man zu zweit, denn einer hielt das „Schiffchen" mit den Weihrauchkörnern in der Hand. Weit attraktiver war der Umgang mit dem Rauchfass. Da galt es, viele unterschiedliche Positionen einzunehmen, beim Evangelium, bei der Altarberäucherung, bei der

Hinwendung zur Gemeinde und besonders bei der „Wandlung", die streng abgemessene Rauchfassbewegungen vorschrieb.

In der obersten Stufe der Hierarchie ging es um den Dienst am Altar. Vier Messdiener waren dazu ausersehen. Sie sprachen mit dem Priester im Dialog die lateinischen Texte. Einer von ihnen trug auch das große Messbuch von einer Altarseite zur anderen. Dabei gab es große Unterschiede in der Geschicklichkeit. Anfänger legten sich den Buchständer auf die Unterarme. Dabei konnte man einigermaßen sicher sein, das Buch unterwegs nicht zu verlieren. Wem das trotzdem passierte, der hatte lange Zeit nichts zu lachen. Um so mehr waren diejenigen geachtet, die den Buchständer nur an den vorderen Pfosten gefasst hin und her jonglieren konnten.

An all das erinnere ich mich heute mit großem Vergnügen, denn ich war gerne Messdiener. Ich war es lange Zeit und mit fast ständiger Präsenz. Das sollte belohnt werden. Es war am Tag der Firmung. Der Bischof war gekommen und hatte im Gottesdienst die Gemeinde versammelt. Alle Messdiener saßen festlich gewandet im Altarraum, während der Bischof die Firmlinge examinierte. Dann wandte er sich auch an uns „Röckelträger", sprach vom wichtigen Altardienst und wollte wissen, ob wir die lateinischen Texte aufsagen könnten, beispielsweise das schwierige „Suscipiat". Das war nun meine Stunde. Ich stand auf und jetzt konnte die Gemeinde endlich erfahren, welch begabten Messdiener sie schon jahrelang am Altar knien hatte: „Suscipiat Dominus sacreficium de manibus tuis, ad laudem et gloriam nominis sui, at utilitatem quoque nostram totiusque Ecclesiae suae sanctae." Bischöflicher Beifall ward mir vergönnt. Diesmal hatte ich es allen gezeigt.

Die verkorkste Erstkommunion

Meine Erstkommunion fand in Kriegszeiten statt. Zu dieser Zeit war mein Vater als Besatzungssoldat in Frankreich. Er bekam zum Fest keinen Heimaturlaub und konnte deshalb an den Feierlichkeiten nicht teilnehmen. An solche Unabänderlichkeiten hatte man sich damals zu gewöhnen. Allerdings war damit auch dem Tag der Glanz genommen. Immer wieder sagten die Verwandten: „Schade, dass dein Papa nicht dabei sein kann."
Zu all dem hatte ich auch noch ein persönliches Problem: Mein unerträglicher Kommunionanzug. Noch heute kann ich keine Stricksachen auf der Haut vertragen. Aber Mutter hatte sich gegen meine Proteste durchgesetzt und mir in der Kreisstadt Ahrweiler einen Bleyle-Matrosen-Anzug gekauft, mit langen gestrickten dunkelblauen Strümpfen. Der Beweis dieser Untat ist auf allen meinen Erstkommunionfotos zu überprüfen. Schon bei der

kirchlichen Feier habe ich gelitten wie ein Hund. Jeder Strumpf war oben seitlich mit einem Strapser befestigt. Den musste ich während der langen Messe immer mal wieder aufknöpfen, um wenigstens ab und zu ein paar Zentimeter freies Bein zu schaffen. Die Erleichterung war mäßig, denn ich hatte ja auch darauf zu achten, die damals üblichen Wechselgebete nicht zu verpassen. Sehr unruhig sei ich gewesen, tadelten nachher die Verwandten, die das Kommunionkind Michael während des Gottesdienstes nicht aus den Augen gelassen haben.

Was an sonstiger Pein einem Erstkommunikanten damals zugemutet wurde, will ich nur ganz kurz zusammen fassen. Das oberste Gebot war die Nüchternheit. Das bedeutete, wer den Herrn würdig empfangen wollte, durfte ab Mitternacht keine feste Speise mehr zu sich nehmen. „Auch nicht den kleinsten Krümel" hatte es im Kommunionunterricht geheißen. Gleichzeitig wurde aber auch darauf hingewiesen, wie schwer das möglicherweise einzuhalten sei. Gerade an diesem Feiertag ständen ungewohnt viele Kuchen und Leckereien in der Wohnung. Wie schnell habe man da einmal den Finger ausgestreckt, nur so zum Lecken, ohne nachzudenken. Aber dann sei es eben passiert und man dürfe nicht mehr zur Kommunion gehen. Alle Vorbereitung wäre umsonst gewesen, alle Verwandten umsonst angereist. Eine schreckliche Blamage. Der Leib des Herrn durfte also nur in einem absolut leeren Magen Platz nehmen. Warum das so sein musste, wurde leider nicht erklärt. Wahrscheinlich steckte ein strenger Ehrfurchtsbegriff dahinter. Vielleicht auch nur vorbeugende Mundhygiene, denn die Oblate wurde damals noch vom Priester auf die herausgestreckte Zunge gelegt. Wie auch immer – die rigorose Nüchternheitsvorschrift hat mir schon Tage vor dem Fest gehörig Stress gemacht. Allein schon die Vorstellung, es müsste im letzten Augenblick alles abgesagt werden, nur wegen meiner möglichen gedankenlosen Unachtsamkeit.

Als es dann so weit war, dass der lang ersehnte Heiland in meinem Inneren angekommen sein musste, habe ich keine Veränderung gespürt, keine Nähe und kein himmlisches Glück. Und geredet hat er auch nicht mit mir. Womöglich war ich einer von denen, die ihn unwürdig empfangen hatten. Im Beichtunterricht war davon die Rede gewesen. Mit einer nicht gebeichteten schweren Sünde würde die empfangene Kommunion zu einem „Gottesraub". Der in der Hostie eingeschlossene Gott-Mensch Jesus könne sich ja nicht wehren, würde gleichsam von mir wider seinen Willen geraubt. Hatte ich das wirklich getan? Gottseidank blieb mir nicht viel Zeit darüber weiter zu grübeln, denn die gemeinsamen Dankgebete erforderten wieder meine Aufmerksamkeit. Außerdem brachten sie wenigstens dem Wortlaut nach die himmlische Freude zum

Ausdruck, auf die ich bisher vergeblich gewartet hatte.

Das Problem der möglicherweise unwürdig empfangenen Kommunion blieb mir jedoch auch über den Tag hinaus erhalten. Jetzt wo ich Zeit hatte weiter darüber nachzudenken schien es mir sogar wahrscheinlich, eine meiner „schweren Sünden" nicht gebeichtet zu haben. Es waren die Sünden gegen das sechste Gebot: Du sollst nicht Unkeuschheit treiben! „Das gehört mit zum Schlimmsten" hatte es im Beichtstuhl geheißen. „Wer die Teile des Körpers, die bedeckt sein sollen, unnötig entblößt, anschaut oder berührt..."

Wie oft hatte ich das getan? Allein oder mit anderen? Auch das war wichtig. Vielleicht hatte ich mich verzählt oder gar absichtlich die Zahl verkleinert. Klar! Ich war in der Beichte feige gewesen. So oft war es doch nicht, oder doch?

Immer deutlicher schien es sich heraus zu stellen: Meine Erstkommunion war ungültig. Ich hatte sie unwürdig empfangen. Was tun? Am besten neu von vorne anfangen. Alles beichten, auch die sündhafte Erstkommunion.

Das allerdings ging damals über meine Kräfte. Und so habe ich mich schon ganz früh der Barmherzigkeit Gottes empfehlen müssen. Der kleine Michael war eben nicht stark genug, sein sündhaftes Leben alleine zu regeln. Das musste der liebe Gott schon selbst in die Hand nehmen. Und da ist es dann auch bis heute gut aufgehoben, hoffe ich.

Messe spielen und den Herrn herausfordern

Einem Messdiener wie mir war die Eucharistiefeier in Fleisch und Blut übergegangen. Alle Wege und Handlungen des Dienens funktionierten wie im Schlaf. Die erforderlichen lateinischen Texte konnten spielend leicht aufgesagt werden. Aber auch der Part des Priesters geriet immer mehr ins Ohr, so dass er – wenn auch nicht ganz exakt – aber doch dem Wortklang nach von mir nachgesprochen werden konnte.

Das war nun die Stunde, die den Mess-Fan Michael auf den Gedanken brachte, dem Gesamtpart am Altar durchaus gewachsen zu sein. Interessanterweise hatte auch mein Schulkamerad Heribert den gleichen Gedanken. Auch er war ein „Langgedienter" mit entsprechenden Fähigkeiten. Wir beide taten uns also zusammen, um unser Vorhaben zu realisieren.

Heribert hatte den Vorteil, dass seine Eltern sowieso schon den Wunsch hegten, ihr Sohn möge später einmal als Priester am Altar stehen. Also waren sie schnell bereit, ihrem Kind einen Einübungsaltar heranzuschaffen. Ich weiß nicht, ob das heute noch möglich wäre. Damals jedoch konnte man so etwas kaufen. Einen Altar mit Tabernakel, Kreuz und Kerzen. Sogar die vor dem Zweiten Vaticanum üblichen Texttafeln für Opferung, Hochgebet und Schlussevangelium waren dabei. Außerdem ein komplettes kleines Messgewand einschließlich Albe, Stola und Manipel.

All das wurde bei Heribert in einer kleinen Kammer aufgebaut und zum „Messe-spielen" frei gegeben. Zu Anfang war es selbstverständlich, dass Heribert den Priesterpart übernahm. In mir hatte er einen begeisterten Messdiener, der nun aber auch darauf hoffen konnte, ab und zu mal oben stehen zu dürfen. Ich durfte tatsächlich, und so wurde das „Messe-spielen" für uns beide eine abwechslungsreiche Beschäftigung. Unser Ehrgeiz hätte es nicht zugelassen, auch nur eine Kleinigkeit zu ver-schlampen. Alle Texte, Bewegungen und Hand-lungen wurden perfekt präsentiert. Einziger Unterschied: Im goldfarbenen Kelch war kein Messwein. Limonade und Wasser passten unserer Meinung nach so gut zusammen wie Wasser und Wein, immer vorausgesetzt, der himmlische Vater war bereit, auch dieses „Opfer" anzunehmen. Davon allerdings waren Heribert und ich fest überzeugt.

Unser Kinderglaube hatte zu dieser Zeit ganz eigene Vorstellungen. Einerseits fanden wir nichts dabei, die Eucharistie locker nachzuspielen. Andererseits bestimmte uns ein fast magisches Denken, wonach beispielsweise am Kirchenaltar absolute Tabuzonen galten, die nie und nimmer überschritten werden durften. Dazu gehörte unter anderem der Messkelch des Priesters. Wir wussten, dass bei der Priester-weihe die Finger des Geistlichen besonders geweiht wurden. Immerhin sollten damit Hostie und Kelch berührt werden. Deshalb wäre kein Messdiener auf die Idee gekommen, einen Messkelch anfassen zu dürfen. Das war allein dem Priester vorbehalten, und auch der hatte auf dem Weg von der Sakristei zum Altar ein „Velum" um den Kelch gefasst.

Sagte ich „keinem Messdiener wäre die Idee gekommen"? Ich muss das korrigieren, denn Heribert und mich trieb zu dieser Zeit der Gedanke um, es doch einmal mit dem Kelchanfassen zu probieren. Beide haben wir lange überlegt, was passieren könnte. Vielleicht würde uns bei der Berührung der Blitz treffen. Dafür gab es ein biblisches Beispiel, als die alttestamentliche Bundeslade einmal unbefugt berührt wurde. Damals waren die Täter auf der Stelle tot umgefallen. Keine erstrebenswerte Perspektive. Vielleicht könnte es aber auch gut gehen, meinte Heribert. Möglicherweise würde er ja eines Tages wirklich Priester sein, und da wäre es doch nicht so schlimm, dem Ganzen etwas vorzugreifen.

Sicher waren wir uns nicht, aber doch fest entschlossen, es zu riskieren, und zwar gemeinsam. Beide wussten wir, wo der Messkelch aufbewahrt wurde. Wir traten also an den Schrank, öffneten den Kelchbehälter und hielten noch einmal inne. Wenn das Schicksal uns ereilen würde, dann sollte es uns beide treffen. Heribert, so schien uns, war der Würdigere. Er sollte den Kelch mit dem ausgestreckten Finger berühren. Ich dagegen musste seine freie Hand anfassen. So waren wir miteinander verbunden – mitgefangen, mitgehangen.

Gesagt, getan. Heribert berührte den Kelch. Nichts geschah. Wir sahen uns an. Wir lebten noch. Waren wir froh darüber oder enttäuscht? Ich weiß noch, dass zuerst Heribert und dann ich den Kelch auch mit der ganzen Hand angefasst haben. Aber auch dabei geschah nichts, was uns aufgefallen wäre. Gar nichts. Etwas kleinlaut haben wir damals die Sakristei verlassen. Hatten wir etwas Schlimmes getan? Verboten war es in jedem Fall gewesen. Besser man sprach nicht mehr darüber. Daran habe ich mich auch viele Jahre lang gehalten – bis heute.

Ein Dienst zwischen Leben und Sterben

Messdiener sein, das hieß auch, mit dem Glöcklein in der Hand dem Priester voraus durchs Dorf zu gehen, wenn irgendwo gestorben wurde. Zu meiner Kinderzeit starben die Leute in ihren Wohnungen und Häusern. Dort wo ihr Leben stattgefunden hatte, legten sie sich auch hin, wenn es zum Sterben kam. Die Angehörigen riefen dann nach dem Priester, der die „Letzte Ölung" zu bringen hatte. Nicht zu früh, denn bei dieser „Letzten Ölung" lag die Betonung auf dem Wort „letzten". Damit hatte das Sakrament den Schauer des endgültig letzten Tuns. Wer die letzte Ölung bekam, war demnach dem sicheren Tod geweiht, eigentlich war er schon fast tot.

Der christliche Sinn dieser Salbung war damit reichlich verdunkelt. Ursprünglich und biblisch sollte die Ölung zur Stärkung und Gesundung des Kranken beitragen. Heute wird das auch wieder so gesehen. Aber damals in meinem Heimatort Altenahr galt die Reihenfolge: Zuerst „Letzte Ölung" und dann sterben.

Ich habe noch so manches Sterbezimmer in meiner Erinnerung. Für die heilige Handlung war dem Priester ein Tischchen vorbereitet worden. Ein Kreuz mit zwei Kerzen stand darauf, auch ein Weihwasserkesselchen mit einem Buchsbaumzweiglein. Alles weitere hatte der Priester dabei, vor allem die kleinen goldenen Gefäße mit dem heiligen Öl. Als Messdiener kniete ich zwischen Tisch und Sterbebett auf dem Fußboden, sprach die vorbereiteten Gebete und sah dabei auch ins Gesicht des Sterbenden, den ich ja meist aus gesünderen Tagen kannte.

So also geht das, wenn man stirbt, habe ich mir dabei immer wieder gedacht. Einen besonderen Schrecken hatte ich dabei nicht. Damals schien mir die Reihenfolge logisch zu sein: Zuerst leben, dann sterben. Demnach war Letzteres für mich noch nicht dran. Also ging es mich vorerst auch noch nichts an. Eher schon dachte ich an die Beerdigung, bei der ebenfalls meine Anwesenheit als Messdiener gefragt war.

Viel mehr Freude machte der Dienst bei den Kindertaufen. Diese fanden meist nach einem Gottesdienst statt, ziemlich bald nach der Geburt. Bei uns sah man darauf, mit der Taufe nicht zu lange zu warten. Dem Säugling könnte ja „was passieren", und ungetauft käme er dann eben nicht in den Himmel. Zwar auch nicht in die Hölle, aber doch „an einen besonderen Ort".
Später hat mich diese theologische Lehre etwas ins Grübeln gebracht. Vorerst jedoch interessierten mich andere Dinge mehr. Beispielsweise, ob der Säugling schreit, wenn ihm das Wasser über den Kopf gegossen wird. Übrigens auch die Frage, ob und gegebenenfalls wie viel Trinkgeld nachher die Taufpaten für den Messdiener übrig hatten.
Zu einem besonderen Höhepunkt meiner Ministrantenkarriere kam es, als ich schon vierzehn Jahre alt war und meine Mutter ihr fünftes Kind zur Welt brachte, meinen Bruder Stephan. Ein Nachzügler, wie man damals sagte. Geburt und Taufe war festlich gefeiert worden. Jetzt sollte meine Mutter „ausgesegnet" werden.
Archaische Vorstellungen schoben sich damals mit biblischen Traditionen ineinander. Unrein war der Mutterleib geworden durch die Tragezeit. Jetzt musste der Raum, in dem das Kind herangewachsen war, einer besonderen Segnung unterzogen werden. Dazu kam die Mutter, diesmal also meine eigene Mutter in die Kirche, um vom Priester die Segnungen zu empfangen.

Der diese Handlung begleitende Messdiener war selbstverständlich ihr ältester Sohn. Für mich ein Augenblick großer Ergriffenheit. Was hatten Mutter und ich bis dahin nicht alles miteinander erlebt. Hitlerzeit und Krieg. Jahrelange Abwesenheit des Ehemanns und Vaters. Bombennächte und Einzug der Alliierten. Hunger und aufkeimende Lebensfreude. Und jetzt ein neuer Erdenbürger, ein zweiter Junge in der Familie, mein Bruder.
Ich weiß von meiner Mutter, dass auch sie in dieser Stunde das alles so empfunden hat. Ihr jüngstes Kind auf dem Arm und ihr Ältester als Messdiener an ihrer Seite. Eine Lebensspanne, fast ein eigener Lebenskreis. Denn wie oft hatte unser Leben schon auf der Kippe gestanden und war doch immer wieder gerettet worden. Jetzt hatten wir ein neues Lebenssymbol, unseren kleinen Stephan. Mein Messdienerleben war mit diesem Tag dann auch endgültig vorbei. Es hätte nicht schöner enden können.

Dritter Teil
SCHULJAHRE IN SCHWEREN ZEITEN

Ein Anfang mit Schrecken

Der 1. April 1940 war mein erster Schultag. Auf die
Schule habe ich mich gefreut. Ich war sehr lern-
bereit und wollte fleißig sein. Leider hatte ich aber
gleich zu Anfang ein schlimmes Erlebnis, an dessen
Auswirkungen ich noch viele Jahre leiden musste.
Selbst heute noch läuft es mir kalt über den Rücken,
wenn ich daran denke.
Es war im ersten Schuljahr. Wir übten das ABC in
der Sütterlin-Schrift. Mit dem Griffel in der Hand
mühte ich mich, einzelne Buchstaben auf die Tafel
zu schreiben. Unsere Lehrerin Fräulein Teewald
ging im Mittelgang auf und ab, schaute mal hierhin
und mal dorthin und blieb schließlich vor meiner
Bank stehen. Ich blickte zu ihr auf und sah
plötzlich, wie sich ihre Augen verdrehten. Ich hörte
gurgelnde Laute und sah Schaum vor ihren Lippen.
Dann begann sie hin und her zu tanzen, sich zu
drehen und zu schreien. Plötzlich fiel sie vornüber
auf meine Bank. Ihr Körper zuckte und es lief Blut
über meinen Platz.
Die Klasse stürmte nach draußen. Ich auch. Aber an
das Danach habe ich keine Erinnerung mehr. Aus
Erzählungen glaube ich zu wissen, dass Fräulein
Teewald einen epileptischen Anfall hatte. Hinterher

habe ich sie in der Schule nie mehr gesehen. Vielleicht hat das aber auch mit meiner Befindlichkeit zu tun, die sich an diese Begebenheit anschloss. Jede Nacht sah ich diese Szene im Traum, lange, lange Zeit.

Später wandelte sich der Traum, doch er blieb weiterhin fürchterlich. Ich sehe mich am Waldrand eines heimischen Bauernhofes. Ein innerer Zwang drängt mich in den Wald. Ich hocke mich auf den Waldboden und sehe einen großen runden Holzdeckel mit Griff in der Mitte. Den fasse ich an und hebe den Deckel auf. Mein Blick geht unten in einen quadratischen Raum, an dessen Wänden sich schreckliche Gespenster bewegen. Sie drehen sich von Wand zu Wand im Kreis, immer schneller. Dabei höre ich unmenschliche Stimmen. Auf dem Höhepunkt des Herumkreisens muss ich schreien und werde wach. Dieser Traum kommt lange Zeit, Nacht für Nacht. Erst in meiner Pubertät ist er nach und nach weniger aufgetreten und später ganz ausgeblieben. Jetzt wo ich diese Geschichte aufschreibe, ist er wieder in meinem Wachbewusstsein. Er sitzt wohl noch tief, denn ich habe wieder eine Gänsehaut.

Die folgenschwere Kopfwunde

Unsere Gemeinde Altenahr unterhielt eine vierklassige Volksschule. Es waren also immer mehrere

Jahrgänge in einem Raum beisammen. Waren damals Mädchen und Jungen getrennt? Ehrlich, ich weiß es nicht mehr. In der Erinnerung sehe ich in der Schulklasse nur Jungen. Dazu einen Lehrer mit Namen Richter.
Lehrer Richter führte ein strammes Regiment. Seine pädagogischen Durchsetzungsmöglichkeiten waren vielfältig. Schon seine äußere Erscheinung machte Eindruck. „Länge mal Breite" witzelten die mutigsten Schüler. Einige nannten ihn Schwammbalg, natürlich nur, wenn er nicht in der Nähe war. Seine Donnerstimme erschütterte auch die Härtesten unter uns. Man hätte sich ihn mit seinen dicken Pranken auch als Bauer hinter einem Pflug vorstellen können.
Wer diese Pranken zu spüren bekam, hatte nichts mehr zu lachen. Außerdem stand Lehrer Richter ein Rohrstock zur Verfügung, den er gezielt einzusetzen wusste. Von einem Prügelstrafenverbot war zu meiner Kinderzeit nirgends die Rede. Nicht daheim, nicht in kirchlichen Räumen und auch nicht in der Schule.
Prügel zu beziehen war eher das Normale. Doch wer es konnte, brachte sich beizeiten auf die Seite derer, die Prügel austeilten statt sie zu erleiden, eingedenk der biblischen Weisheit: „Geben ist seliger als nehmen."
Leider zählte ich damals zu denen, die auf der Empfängerseite standen. Nicht der Lehrer und auch nicht die Mutter bedrängten mich übermäßig. Bei

mir waren es die Mitschüler, die mir kräftig zusetzten. Körperlich nicht der Stärkste und überdies nicht sehr mutig war ich bald zum Prügelknaben der Klasse geworden. Das Meiste bekam ich ab, wenn es nach der Schule nach Hause ging. Wie schnell ich auch lief, irgendeiner war schneller, und dann setzte es Hiebe.

Dann kam der Tag, von dem ich hier erzählen will. Wieder einmal war ich nach der Schule auf der Flucht. Und wieder einmal war Erwin hinter mir her, einer der besonders starken Burschen. Fast hatte er mich eingeholt. In meiner Angst wollte ich noch hinter einen Baum springen, da spürte ich einen Schlag gegen meine Schläfe. Blut lief mir über das Gesicht. Ich war gegen einen herab hängenden Ast gelaufen. Jetzt stand auch Erwin schon vor mir. Als er mich bluten sah, lief er schnell davon.

Meine Mutter war entsetzt, als ich mit meiner Kopfwunde nach Hause kam. Auf ihre Frage, was passiert sei, brach es aus mir heraus." Erwin war's, mit einem Knüppel."

Für das was dann folgte, schäme ich mich noch heute. Meine Mutter brachte mich zurück in die Schule, wo ich meine fatale Aussage wiederholt habe. Ein Gemisch aus Angst und Rache trieb mich immer tiefer in meine Lüge hinein. Auch noch anderntags, als Erwin seine Unschuld beteuerte, blieb ich dabei: „Er war's!" Erwin wurde vor der Klasse hart gezüchtigt. Nur ich hätte ihn davor retten können. Aber dazu war ich jetzt zu feige. Wir sahen uns an und nur wir beide wussten, wer gelogen hatte.

Wer nicht hören will muss fühlen

„Lernen muss weh tun", davon schien unser Lehrer Richter überzeugt zu sein. Wer das Dargebotene nicht wiederholen konnte, der bekam „die Hand des Herrn" zu spüren. Getreu der alten Volksweisheit: „Wer nicht hören will muss fühlen".
Bei seiner „Handarbeit" bevorzugte er eine ganz eigene Technik. Er hob seinen linken Arm bis der Handrücken sein rechtes Ohr berührte. Und dann sauste die Pranke nieder, meist auf Schulter oder Rücken des Opfers. Auf diese Weise wurde Wort für Wort eingebläut.
Ich erinnere mich an eine Situation im Raumlehreunterricht. Mein Mitschüler Johann brachte die geometrischen Formen beim besten Willen nicht zusammen. Lehrer Richter hatte sie ihm schon ein paar Mal vorgesagt. Aber Johann stand hilflos vor der Klasse. So etwas Fremdklingendes fand keinen Eingang in sein Gedächtnis. Dem musste nachgeholfen werden, mag sich der Pädagoge gedacht haben. Und so konnte die ganze Klasse an der Prozedur teilnehmen, bei der Lehrer Richter seinen Arm schwang und mit herunter sausender Pranke Wort für Wort und gleichzeitig Schlag für Schlag

dem Johann die Begriffe näher brachte: Quadrat, Rechteck, Raute, Rhomboid. Und nun von neuem: Quadrat, Rechteck...

Mit meinem Freund Josef Zimmermann pflegte Lehrer Richter ein ganz besonders enges Verhältnis. Ich habe schon erwähnt, dass im Hause Zimmermann die Ordnungsliebe etwas stiefmütterlich behandelt wurde. Auch die Pünktlichkeit hatte dort keinen großen Stellenwert. Demzufolge war es für Josef schwer, morgens rechtzeitig in der Schule zu sein.

Wenn Lehrer Richter morgens in die Klasse kam, sah er sich zunächst einmal um, ob alle da waren. Meistens saßen alle auf ihren Plätzen, außer Josef. Irgendwann in der ersten Stunde kam dann auch Josef an. „Guten Morgen, Herr Zimmermann" tönte es ironisch vom Pult her. „Was war es denn heute? Sag dein Reimchen auf!"

Josef hatte immer eine große Auswahl von Entschuldigungen parat, die in schönem Wechsel von ihm dargeboten wurden. „Meine Mutter hat mich nicht geweckt" war die einfache Form. „Ich musste zuerst noch frühstücken" hieß es auch ab und zu. „Meine Schwester Vroni hat mir die Schuhe versteckt", das war schon amüsanter, denn daraus konnte sich ein echter Dialog entwickeln: „Wo hast du sie denn gefunden?" Und so fort. Die beste aller Ausreden brachte eines Morgens die ganze Klasse zum wiehern: „Ich habe den Bauch so voll, ich konnte nicht mehr schnell laufen."

Josef ließ sich nicht erschüttern. Auch dann nicht, wenn Herrn Richters Ironie plötzlich in Wut umschlug. Josef konnte noch lachen, wenn wir anderen längst die Köpfe eingezogen hatten. Und lachen war das, was Lehrer Richter so gar nicht mochte. „Komm raus!" hieß es dann wieder einmal, und Josef konnte sein „Päckchen" vorne abholen.

Lehrer Richter begleitete seine Strafaktionen hin und wieder auch mit pädagogischen Sprüchen. So durfte Josef mit den Hieben zusätzlich mal die Erklärung einstecken: „Wer wie ein Affe lacht, wird wie ein Affe behandelt." Daraufhin prustete Josef erst recht los. Und je mehr Schläge auf ihn nieder prasselten, um so lauter musste Josef lachen.

Die Klasse schwankte zwischen hellem Entsetzen und Bewunderung. Wieso konnte Josef bei all der Pein noch lachen? Unverständlich! Nach der Stunde hat er es uns auf dem Schulhof gesagt: „Der Lehrer ist blöd. Affen können doch gar nicht lachen."

So widerstandsfähig wie mein Freund Jupp war ich nicht. Deshalb habe ich mich so gut es ging bemüht, nicht unliebsam aufzufallen. Was die Schule betraf hieß das: Möglichst fleißig sein, im Unterricht zu lernen versuchen und die Hausaufgaben vollständig und akkurat zu verfertigen. Was zu erledigen war, habe ich stets direkt nach dem Mittagessen gemacht. „Erst die Arbeit, dann das Spiel." Diesen Spruch habe ich schon ganz früh verinnerlicht und auch meist befolgt. So ist dann mit der Zeit mein Ruf entstanden, ein guter Schüler zu sein.

Wenn ich heute darüber nachdenke, dann erscheint mir mein damaliges Verhalten doch sehr zweifelhaft. Eigentlich ging es mir nur darum, negativen Sanktionen vorzubeugen und möglichen Strafen aus dem Weg zu gehen. Ich hätte es nie riskiert, dem Lehrer ins Gesicht zu sagen: „Ich habe meine Hausaufgaben nicht gemacht." Dazu war ich einfach zu ängstlich.

Auch den Anweisungen meiner Mutter habe ich wohl aus dem gleichen Grund Folge geleistet. Auch sie konnte ziemlich kräftig dreinschlagen, wenn ihr etwas nicht passte. Das haben meine Schwestern oft zu spüren bekommen, ich weniger, eben deshalb, weil ich ängstlicher und deshalb folgsamer war.

Einmal waren meine Schwestern und ich bei Freunden eingeladen. Es war ein spannender Nachmittag mit allerlei Überraschungen, Spielen und Späßen. Allzu schnell war die Zeit vorbei. Um 18.00 Uhr sollten wir wieder zu Hause sein. Mutter hatte es uns eingeschärft. Deshalb habe ich immer mal wieder nach der Uhrzeit gefragt, um die pünktliche Rückkehr nicht zu verpassen. Zum Spott meiner Schwestern. Die wollten dann auch nicht mitgehen, als es Zeit war. Meinen Hinweis auf mögliche Prügel beantworteten sie höhnisch lachend. „Wenn schon" sagte Schwester Liesel, „das ist es mir wert."

Diese Werteabwägung ist mir immer fremd geblieben. Mir war eine solche Haltung nicht möglich. Ab der vereinbarten Zeit hätte ich an nichts mehr Vergnügen gehabt. Die drohende Strafe hätte allen Spaß verdunkelt. So ängstlich war ich, muss ich zugeben. Und so wird man ein braver Junge und ein folgsames Kind.

Trotz all meiner Vorsicht hat es mich aber doch einmal erwischt, und das nicht zu knapp. Das kam so: In der Schule saßen wir in ziemlich alten Bänken. Jeweils vier Klappsitze waren mit den Schreibpulten verbunden. Generationen vor uns mussten schon darin zugebracht haben, denn das Holz hatte alle möglichen Schattierungen angenommen. Außerdem zeigten sich Spalten und Risse. Diese Schäden hatten so manchen Schüler ermuntert, eigene Monogramme und Zeichen in die Bretter zu schnitzen. Buchstabenkombinationen von denen niemand mehr wusste, welche Namen sich dahinter verbargen.

Das wollte ich anders machen. Was ich einritzen würde, sollte man später deuten können. Hier hat er gesessen, der Klassenprimus Michael. Mit meinem Taschenmesser habe ich es zuwege gebracht, Buchstabe für Buchstabe bis mein voller Name zu lesen war. Erst als ich mein Werk vollendet hatte wurde mir bewusst, dass ich für diese doch sicher strafbare Handlung eines Tages büßen müsste.

Und so kam es dann auch. Zwar hatte ich das Schuljahr schadlos überstanden, indem ich beim Herannahen des Lehrers die Stelle immer mit einem Blatt zudeckte. Aber zu Beginn des nächsten Schuljahres ereilte mich mein Schicksal gnadenlos.

Die ganze Klasse wurde nämlich in einen anderen Raum gesetzt. Meine Bank stand nun in der Mädchenklasse und die Nachfolgerin auf meinem Platz gab ihrer Lehrerin gleich am ersten Morgen mein Schnitzwerk zur Ansicht.

Daraufhin überschlugen sich die Ereignisse. Lehrer Richter wurde von der Schulfrau herüber gebeten, um sich das Machwerk anzusehen. Es muss ihm sehr peinlich gewesen sein, denn diese Lehrerin war gleichzeitig auch Rektorin der Schule. Was er auch immer von seiner Vorgesetzten zu hören bekommen haben mag, mich hat er vor der versammelten Klasse zusammengeschissen und erbarmungslos verbläut. Damit aber nicht genug. Ich wurde an diesem Morgen auch noch in die Mädchenklasse geführt, wo nach einer Strafpredigt zum Thema Sachbeschädigung ebenfalls der Rohrstock sauste. So viel Prügel auf einmal! Es war mir, als ob alles nachgeholt würde, was ich bisher als Musterschüler so erfolgreich vermeiden konnte. Am schlimmsten war mir jedoch, dass Lehrer und Rektorin so offensichtlich von mir enttäuscht waren. Wo ich doch so gerne ein guter Schüler gewesen wäre.

Auch strenge Lehrer haben manchmal ein Herz

Das Bild, das ich bisher von meinem Volksschullehrer gemalt habe, bedarf nun einiger Ergänzungen. Obwohl die dargestellten Prügelszenen alle stattgefunden haben und sicherlich auch noch einige mehr, Lehrer Richter war kein brutaler Schläger. Man muss das alles im Kontext der damaligen Zeit sehen. Strafe war üblicherweise Prügelstrafe. Wir Kinder wussten es nicht anders, vom Elternhaus, von der Kirche und von der Schule.

Aber es gab Gott sei Dank auch die schönen und angenehmen Stunden, sogar in der Schule; auch in der Klasse von Lehrer Richter. Beispielsweise wenn er zur Musikstunde mit seinem Geigenkasten anrückte. Schon alleine die Zeremonie des Geigestimmens war für uns Jungen eine spannende Sache. Hält die E-Saite oder springt sie ihm wieder ins Gesicht? Geige stimmen war für den etwas vierschrötigen Mann ein anstrengendes Geschäft. Immer wieder kratzte der Geigenbogen über die vier Saiten, während das schwere Haupt sich auf das Holz duckte, um den Moment zu erwischen, wann die Töne übereinstimmten.

Musikstunde war Gesangstunde. Wir sangen Volkslieder. Lehrer Richter sang die erste Strophe vor und spielte dazu die Violine. Dann waren wir dran. Die Texte hatten wir meistens schon als Hausaufgabe auswendig gelernt. An der Melodie wurde so lange herum gefeilt, bis man sie einigermaßen anhören konnte.

So habe ich den Schatz der deutschen Volkslieder entdeckt. Noch heute brauche ich kein Liederbuch, um mitzusingen, und nicht nur die erste Strophe.

Gefreut habe ich mich auch immer wieder auf die Stunden, in denen Lyrik angesagt war. Auch das Gedichte lernen war Anteil der Hausarbeit. In der Schulstunde ging es dann ums Aufsagen. Dabei gab es zwei Möglichkeiten, zu versagen oder zu glänzen. Im Text stecken bleiben war offensichtliche Fehlleistung. Schlechte Noten bekam aber auch der, dem die Betonung nicht gelingen wollte. Dazu muss man wissen, dass die Alltagssprechweise von uns allen „Altenahrer Platt" war. Niemand von uns sprach tagsüber das sogenannte Hochdeutsch. Wer es versucht hätte, wäre ausgelacht worden. Demzufolge sprachen wir Schüler beim Gedichte aufsagen eine Art Fremdsprache. Es klang entsprechend gekünstelt. Das galt selbstverständlich auch für mich.

Allerdings trieb mich damals schon der Ehrgeiz, den heimatlichen Slang zu überwinden. Nirgends konnte ich das besser einüben als beim Gedichte aufsagen. Das war nämlich der einzige Ort, wo ich bei meinen Bemühungen nicht ausgelacht wurde. Ich fieberte dem Augenblick entgegen, an dem ich aufgerufen wurde. Aber das war auch schon wieder so eine Sache. Obwohl ich mir ganz sicher war, lief ich immer rot an, wenn ich meinen Namen hörte. Nach der Schrecksekunde legte ich dann los.

Am liebsten waren mir die vielstrophigen dramatischen Texte, zum Beispiel „Nies Randers". Wie das schon anfing!

Krachen und Heulen und berstende Nacht.
Dunkel und Flammen in rasender Jagd.
Ein Schrei durch die Brandung.
Und brennt der Himmel, so sieht man`s gut:
Ein Wrack auf der Sandbank, noch wiegt es
die Flut – gleich holt sich`s der Abgrund.

Die Geschichte des unerschrockenen Seemanns, der vom gestrandeten Schiff trotz eigener Lebensgefahr den letzten Schiffbrüchigen rettet. Und der ist dann auch noch sein längst verschollener Bruder. Dramatik pur. Da konnte ich mit meiner Stimme spielen, Lautstärke und zögernde Zurückhaltung bei den richtigen Stellen einsetzen, am Schluss rundum blicken und in die offenen Münder meiner Schulkameraden schauen. „Ja, so muss man das machen" hörte ich dann nur noch von ferne die Stimme des Lehrers, während ich bemüht war, meinen wild pochenden Puls wieder einigermaßen zu beruhigen.

Das Problem, nicht richtig Hochdeutsch sprechen zu können, hat mich lange belastet. Ich weiß noch, dass ich daheim einmal darum gebeten habe, auch alltags das richtige Deutsch sprechen zu dürfen, nur mal so zum Üben. Man hatte zwar nichts dagegen, doch es war schon recht befremdlich, meine schriftdeutschen Fragen mit „Altenahrer Platt" beantwortet zu kriegen. Es half nichts, ich musste warten, bis ich in eine andere Umgebung kam. Ich weiß noch genau, wann ich zum ersten Mal in Schriftdeutsch geträumt habe. Da war ich schon in der Schriftsetzer-Lehre in Ahrweiler.

Noch etwas will ich erzählen, was meinen Volksschullehrer von seiner freundlichen Seite zeigt. Es ist die schier endlose Geschichte von Lehrer Richter und seiner Liebe zur Natur, zu Pflanzen und Tieren, und besonders zu den Tieren in Wald und Feld. Wir Schüler hatten das bald spitz gekriegt. Wenn also der Unterricht allzu langweilig war, dann übernahm manchmal einer von uns die Regie, streckte die Hand nach oben und sagte: Herr Lehrer, drüben im Übig steht ein Reh."

Ungefähr zweihundert Meter von unseren Schulfenstern entfernt ragte der Übigberg empor. Die steile Bergseite war teilweise bewaldet, dazwischen gab es Felsklippen und Buschwerk. Es konnte schon sein, dass zwischen Bäumen und Sträuchern mal ein Reh hervor kam. Und manchmal war das auch wirklich so. Doch für die geplante Aktion war das unerheblich.

Wenn es hieß: „Herr Lehrer, drüben im Übig steht ein Reh", dann bewegte sich Schülerschar und Lehrer gemeinsam in Richtung der hohen Klassenfenster. „Wo ist es? Eben stand es noch an dem Felsen. Vielleicht ist es weggelaufen."

Lehrer Richter schien von solchen Aktionen ähnlich begeistert zu sein wie wir. Wahrscheinlich hatte er unseren Trick längst durchschaut, ließ sich gerne auch mal ablenken. Denn nun konnte er sicher sein, unsere Aufmerksamkeit für sein Lieblings-Thema zu finden: Gottes schöne Natur – Tiere, Pflanzen und Blumen.

Eine Variante zum Trick „Reh im Übig“ wurde ebenfalls gerne ausgespielt. Dazu musste man nur morgens zur ersten Stunde eine seltene Blume oder Pflanze mit in den Unterricht bringen. „Herr Lehrer, können Sie mir sagen, was das ist?“ Er konnte. Und wenn wir Glück hatten, schloss sich eine interessante Geschichte an von Korbblütlern oder Schmetterlingsblütlern, von Nutz- und Heilpflanzen, oder zu der spannenden Frage, wie Schneeglöckchen durch den gefrorenen Boden durchkommen, oder wie Veilchen sich über ihren Wurzelstock vermehren.

Eine bitter-süße Erinnerung habe ich aber auch noch, von der ich nur mit gewissen Hemmungen erzählen kann. Es war in meinem zwölften Lebensjahr. Der Krieg war zu Ende. Monate lang waren wir nur von Hilfslehrern betreut worden, denn Lehrer Richter und seine Kollegen steckten noch in der so genannten Entnazifizierung. Die Schule hatte in der Nazi-Zeit tiefbraune Verfärbung angenommen. Auch Lehrer Richter hatte uns strammstehen lassen. Der „Deutsche Gruß“ ging uns flink von den Lippen und selbst die Kleinsten hatten gelernt, beim Fahnenappell den rechten Arm rauszustrecken.

Inzwischen war manches anders geworden. Wir mussten umdenken. Eine kleine Lektion hatte ich schon hinter mir. Letztens war ich nämlich in der

Pützgasse meinem Lehrer begegnet. Und wie ich es jahrelang geübt hatte, streckte ich meinen rechten Arm zum Gruß: „Heil Hitler, Herr Lehrer!" Still ging er an mir vorbei, drehte sich dann um und rief mich zu sich. „Michael, komm doch mal her. So sagt man heute nicht mehr. Das heißt jetzt guten Tag." Dann ging er weiter und ich schämte mich ein wenig, noch nicht in der neuen Zeit angekommen zu sein. Heute frage ich mich, ob Lehrer Richter damals wohl ähnliche Gefühle gehabt haben mag. Sicher war es auch ihm peinlich. Doch das konnte ich erst viel später verstehen, als er nach seiner Entnazifizierung zum ersten Mal wieder in unserer Klasse war. Was da geschehen ist – auch in meiner Seele – will ich zum Abschluss erzählen.

Eines Tages trat unser Hilfslehrer mit der Botschaft vor die Klasse: „Nächsten Montag ist Lehrer Richter wieder da." Mich hat das damals gefreut und mir kam der Gedanke, man müßte ihn bei seiner Rückkehr besonders begrüßen. Ich habe also die Klasse motiviert, mit mir eine kleine Begrüßungsfeier vorzubereiten. In solchen Dingen hatte ich einen gewissen Bonus bei meinen Mitschülern. Schließlich konnte ich am besten Gedichte aufsagen.

Wir einigten uns darauf, alle sollten ein paar Minuten früher in der Klasse sein. Um das Herausgehobene der Situation zu betonen, wollten wir nicht in den Bänken sondern auf den Schreibpulten sitzen. Beim Eintreten des Lehrers wollten wir ein Lied singen, das ich auf meiner Mundharmonika begleiten sollte. Und dann wäre eine kurze Ansprache fällig gewesen. So war es geplant. Vorher hatte ich noch vom Hilfslehrer die Erlaubnis erhalten, nach der letzten Wochenstunde die große Tafel bemalen zu dürfen. „Herzlich willkommen" in meiner schönsten Schrift, mit Blumen und Ranken bunt dekoriert.

Dann war Montagmorgen. Alle saßen auf den Pulten und sangen. Ich blies aus Leibeskräften in meine Mundharmonika. Und dann kam er herein, stellte sich vor die Klasse, wartete kaum das Ende unseres Liedes ab und rief in rüdem Ton: "Was soll das? Runter von den Tischen! Wischt die Tafel ab!" Ich war wie vom Donner gerührt. Das hatte ich mir ganz anders vorgestellt. Und das Schlimmste war, ich fühlte mich vor der Klasse blamiert. Meine schöne Inszenierung war in die Hose gegangen. Schlimmer noch, Lehrer Richter hatte sich eher geärgert als gefreut. Was war mir da bloß eingefallen? An diesem Reinfall habe ich lange gelitten und mich immer wieder gefragt, was da wohl falsch gelaufen war.

Heute glaube ich zu wissen, warum Lehrer Richter so rüde reagiert hat. Er muss sich geschämt haben. Die Lehrpause der Entnazifizierung war eindeutig. Sicherlich hätte er gerne seine Rolle in der Nazi-Zeit ungeschehen gemacht, verdrängt. Durch unsere betonte Wiedersehensfeier wurde er noch einmal daran erinnert, dass auch er kein Widerständler war, eher ein Mitläufer wie man damals sagte. Nein, unsere Begrüßungs-Zeremonie kam ihm total ungelegen.

Was ich dabei gelernt habe: „Gut gemeint ist noch lange nicht gut gemacht." Doch mit zwölf Jahren kann man ein solch differenziertes Denken noch nicht voraussetzen. Das ist mir erst viel später klar geworden.

Angst kann man lernen

Dass ich von klein auf ein ängstlicher Junge war, ist wohl deutlich geworden. Es fing schon damit an, das Mutter ständig um meine Gesundheit besorgt war. Doch damit nicht genug. Sie hatte auch eigene Ängste, fürchtete sich vor allem möglichen, was wiederum nicht ohne Einfluss auf mich bleiben konnte. Beispielsweise fürchtete sie sich sehr bei Gewittern. Sobald erstes Donnergrollen zu hören war, versammelte sie uns Kinder im Zimmer. Eine gesegnete Kerze wurde angezündet. Davon hatte sie immer einen Vorrat im Haus, sei es von Wallfahrten oder aus unserer Kirche, in der von Zeit zu Zeit Kerzen gesegnet wurden.

Bei Gewittern wurde der Rosenkranz gebetet. Einen solchen bekam man schon als kleines Kind geschenkt, meistens mit weißen Perlen. Wenn dann der Donner lauter wurde und die Blitze zuckten, steigerte sich auch Mutters Aufregung. Längst hatten wir ihren Rat befolgt, bei jedem Blitz ein Kreuz zu schlagen. Damit kam man aber bald nicht mehr nach, weil Blitz, Donner und bekreuzigen unweigerlich durcheinander gerieten.

Einmal kam Panik auf. Da hatte der Hagel das Dachfenster im inneren Treppenaufgang eingeschlagen. Wasser floss in Strömen die Treppe runter, schwappte durch den Hausflur und drang in das Zimmer in dem wir saßen. Unfähig etwas dagegen zu tun fing meine Mutter an zu weinen. Sie schwang die Arme um unsere Schultern, zog uns an sich und rührte sich nicht vom Fleck. Da war es nur gut, dass Tante Lies`chen im Haus war. „Schreit nicht so, helft mir lieber beim aufwischen" ließ sie sich hören. Damit war der Bann gebrochen. Wir Kinder stürmten raus. Mutter blieb weinend zurück. Sie hatte einfach Angst.

Noch ein weiteres Beispiel, wie sich die Angst meiner Mutter auf meine Kinderseele gelegt hat. Es führt in die Zeit zurück, als die ersten Bombergeschwader nachts über unseren Ort hinweg flogen. Man hätte annehmen dürfen, dass die Flieger das Voreifeldörfchen Altenahr noch nicht auf ihrer Liste hatten. Aber meine ängstliche Mutter sah das anders. „Hat man nicht schon davon gehört, dass so ein Flieger nur aus Versehen so eine Bombe verloren hat? Und wenn sie uns dann trifft, sind wir tot. Wenn dann Papa aus dem Krieg heimkommt, sind wir nicht mehr da. Nein, nein, wir müssen in den Keller gehen, wenn die Flieger kommen."

Unser Keller war viel zu klein, um alle aufnehmen zu können. Blieb noch der Stall, in dem früher eine Kuh und eine Geiß ihren Platz hatten. Jetzt standen nur noch zwei Geißen an der Reuse. Der Stall wurde nun unsere Zuflucht, wenn in der Nacht die Flieger kamen. Im Ernstfall hätte der Stall höchstens als Splitterschutz einen Wert gehabt. Die seitlichen Mauern waren einigermaßen stabil. Auch der Heuschober über uns gab optischen Halt, mehr aber auch nicht. Doch wer von uns hätte damals gewusst, was zu tun oder zu lassen war? Was wir wahrnahmen war das nächtliche Brummen über unseren Köpfen und eine verängstigte Mutter, die uns zusammen raffte und in den Stall brachte.

Da saßen wir nun eng aneinander geschmiegt. Die Stall-Lampe warf ungewohnte Schattenbilder an die Wände. Die aufgeschreckten Geißen blickten uns unverständlich an, denn wir sangen, so laut uns die Angst die Töne aus dem Hals trieb:

> „Maria breit den Mantel aus,
> mach Schirm und Schild für uns daraus.
> Lass uns darunter sicher stehn,
> bis alle Stürm vorüber gehn.
> Patronin voller Güte,
> uns alle Zeit behüte!"

Mutter stimmte an, wann gesungen und wann gebetet wurde. Und dann mussten wir wieder lauschen, ob die Gefahr etwa schon vorüber sei. Ob wir noch einmal davon gekommen waren oder gar wieder ins Bett durften.

In diesen Nächten haben sich die Marienhymnen in mein Gedächtnis eingegraben. Ich kann sie heute noch. Und wann immer ich das Lied höre „Maria breit den Mantel aus", dann sehe ich den kleinen Michael im Stall sitzen, eng beieinander mit Mutter und Geschwistern, und vor Angst um sein Leben singen.

Die Zeit unserer nächtlichen Luftschutz-Übungen im Ziegenstall ging abrupt zu Ende. Das war an dem Tag, als eine Bombe mitten ins Dorf fiel. Fassungslos standen wir vor einem total zerstörten Haus. Die Trümmer lagen meterhoch auf der Fahrbahn der Brückenstraße. Und das Schlimmste war, unter Geröll und Steinen lag die Besitzerin des Hauses, tot. Das erste Bombenopfer in Altenahr.

Diese Frau habe ich gut gekannt. Sie führte in ihrem Haus einen kleinen Krämerladen, vor dessen Schaufenster ich oft gestanden hatte. Einmal – es war ein paar Tage vor dem Muttertag – wollte ich dort Geschenke für meine Mutter kaufen. Meine gesparten Groschen reichten nicht weit. Ein Tütchen Bonbons, eine farbige Ansichtskarte, und nun sollte es noch etwas Größeres sein. Die Frau des Hauses und der kleine Einkäufer berieten ernsthaft, was für den Rest der Barschaft zu haben sei, aber auch groß genug wäre, um bei Mutter Eindruck zu machen. Geeinigt haben wir uns auf Sprudelwasser – eine große Literflasche.

So kinderfreundlich und hilfsbereit hatte ich Frau Linnarz in Erinnerung. Und jetzt war sie tot. Ganz plötzlich. Der Krieg hatte uns eingeholt. Es wurde ernst.

Jedem von uns war nun klar geworden, der Ziegenstall bietet keinen wirksamen Schutz. Damit begann eine Odyssee durch eine Reihe von Schutzräumen. Zuerst ging es in den Heizungskeller der Kirche. Darauf hatten sich die meisten Einwohner unserer Gasse geeinigt. Objektiv sicher war der Keller nicht. Doch die Nähe zum Altar mag ein gewisses Gefühl von Geborgenheit vermittelt haben. Bald jedoch wurden Bedenken laut: „Wenn der Kirchturm getroffen wird und auf uns stürzt, dann könnten wir verschüttet werden." Also weiter ziehen.

In der unteren Rossbergstraße bewirtschaftete die Familie Weiß einen großen Weinkeller. Vor Zeiten war er in den Burgberg hineingesprengt worden. Wo früher die Fässer lagerten, hatte man nun Bänke aufgestellt. Allzu weit von zu Hause war das für uns nicht. Wir richteten uns darauf ein, bei Gefahr dort hin zu laufen.

Zu dieser Zeit lagerten wir in der Nacht fertig angezogen in unserer Küche. Einige auf dem Chaiselongue, andere auf zusammen gestellten Stühlen, ein Kissen oder eine Decke untergeschoben. Wenn die Sirene ging, rappelte man sich auf und lief – manchmal noch im Halbschlaf – so schnell es ging in den Keller. Dort angekommen, war zuerst

Zählappell. Sind alle da? Einmal waren wir nicht vollzählig, Maria fehlte. „Wo ist Maria geblieben?" Mutter lief zurück. Als sie daheim ankam, lag Maria seelenruhig im Schlaf. In der Aufregung hatten wir sie liegen gelassen.

Tante Lies'chen lief nicht mit in den Keller, jedenfalls so lange Oma noch lebte. Sie wollte ihre bettlägerig kranke Mutter bei Fliegeralarm nicht alleine lassen. Was das für sie bedeutete, lässt sich denken. Wir alle zitterten um unser Leben, und Tante Lies'chen sagte zur Oma: „Du brauchst keine Angst zu haben, ich bin ja bei dir."

Sie ist bei ihr geblieben bis Oma gestorben ist. Da war der Krieg schon fast zu Ende. Wegen der andauernden Fliegergefahr wurden damals die Toten am frühen Morgen beerdigt. Wir standen im Halbdunkel am offenen Grab. Die letzten Sterne funkelten über dem Übigberg. Während der Priester seine Texte las, hörten wir schon den Kanonendonner der heran nahenden Front. Oma war erlöst, Tante Lies'chen auch.

Der Weinkeller im Burgberg schien uns nun nicht mehr sicher genug zu sein. Inzwischen hatten sich nämlich die Stukkas für die großen Altenahrer Brücken interessiert. Diese Sturzkampfbomber kreisten fast täglich über den beiden hohen Eisenbahnbrücken, über die der Nachschub zur Westfront rollte. Immer wieder sausten die Flieger im Sturzflug auf die Brücken nieder, um ihre Bomben zu placieren. Jeder dieser leichten beweglichen Flieger hatte eine Bombe an Bord. Aber es passte nie. Die Maschinen fanden an dieser engen Talstelle nicht den richtigen Anflugwinkel. Und so fielen die Bomben überall hin, nur nicht auf die beiden Brücken.

In der zugespitzten Gefahrenlage waren wir wieder umgezogen, diesmal in den Bergstollen der Engelsley. Der Weg dorthin war weit. Deshalb blieben wir Kinder durchgehend Tag und Nacht in diesem Berg sitzen. Wenn es draußen mal ruhiger schien, lief Mutter schnell nach Haus, um Essensnachschub zu besorgen.

Über all dem wurde Weihnachten, die letzte Kriegsweihnacht 1944. Tante Lies'chen hatte Plätzchen gebacken. Eine Bescherung gab es nicht, dafür aber große Blechkartons voll Plätzchen. Mutter schleppte sie zu uns in den Bergstollen. Bei Kerzenschein und Karbidlicht gedachten wir der ersten Heiligen Nacht in Bethlehem. Damals hat Mutter viel geweint.

Ein kleiner Pimpf im Dritten Reich

Schon in den ersten Schuljahren wurden wir Kinder in vormilitärischen Übungen gedrillt. An jedem Montagmorgen vor Unterrichtsbeginn war Fahnenappell auf dem Schulhof. Wir Schüler standen in Zweierreihen in der Nähe des Fahnenmastes. Die Hakenkreuzfahne war schon in der Halterung befestigt. Zwei Schüler der oberen Klasse hielten die Fahnenzipfel in der Hand. Irgendjemand sprach einen strammen Text. Dann wurde gesungen. Dabei streckten alle ihren rechten Arm steil nach vorne. Während des Singens schwebte die Fahne langsam nach oben.

Die Hitler-Lieder hatten es in sich. Text und Melodie waren entweder feierlich oder zackig, manchmal auch beides. Sie weckten in mir die Sehnsucht nach Größe, Kampf und Sieg. „Ein junges Volk steht auf zum Sturm bereit, reißt die Schranken zusammen, Kameraden!" Da wollte ich dabei sein. Und klang es nicht fast religiös, wenn wir sangen: „Deutschland, heiliges Wort, über die Zeiten fort seist du gebenedeit"?

Weil Mutter und Tante Lies'chen meine Begeisterung so gar nicht teilen wollten, musste ich vermuten, dass sie wieder mal keine Ahnung hatten. Allzugerne wäre ich mitmarschiert, wenn die Hitlerjugend mit strammem Schritt durchs Dorf zog. Besonders der Fanfaren-Corps hatte es mir angetan. Voraus die Trommeln mit den aufgemalten schwarzen Flammen, dahinter die strammen Burschen, eine Hand in die Seite gestemmt und in der anderen die goldblitzende Fanfare: „Vorwärts, vorwärts, schmettern die hellen Fanfaren! Vorwärts, vorwärts, Jugend kennt keine Gefahren!"

Das war's! Mutig sein, den Gefahren trotzen. Ein dumpfes Gefühlsgemenge von Angst und Angstüberwindung, von Verbotsübertretung und Heldentum, all das und noch viel mehr waberte durch meine Bubenseele.

Doch vorerst war ich leider nur ein kleiner Pimpf, noch ganz unten auf dem Weg zum großdeutschen Helden. Zwar war ich bereits gruppenmäßig erfasst, wir hatten sogar schon einen Fähnleinführer, aber gerade der weckt heute in mir keine guten Erinnerungen.

Gruppenstunde hieß bei ihm vor allem Sport treiben. Laufen, Weitsprung, Rad schlagen. Letzteres fiel mir besonders schwer. Deshalb ist ihm eines Tages eine miese Demütigung für mich eingefallen, die mir eigentlich den Hitlerjugend-Traum hätte austreiben müssen. Er schickte mich nämlich im Trab rund um den Sportplatz, wobei ich an den vier Ecken laut zu rufen hatte: „Ich bin ein Nieseprim." Ausgelacht wurde ich auch dabei. Warum nur war ich so ein schwaches Kerlchen? Der Weg zum Helden war wohl noch sehr weit.

In späterer Zeit tauchte für mich ein weiteres Problem auf. Es ging um die Frage, ob ich an den sonntäglich dargebotenen Jugendfilmen teilnehmen durfte oder nicht. Die Filme begannen um zehn Uhr, genau dann, wenn in der Kirche das Hochamt anfing. Meine Mutter hatte nein gesagt. Sie meinte: „Das haben sich die Nazis fein ausgedacht. Statt in die Kirche sollen nun die Kinder ins Kino gehen."

Ich war hin- und hergerissen. Meistens war ich ja schon in der Frühmesse gewesen. Aber ins Hochamt sollte man auch gehen, zumal als Messdiener.

Andererseits, wenn ich gerade mal keinen Dienst hatte, wen störte es, wenn ich den Pflichten eines deutschen Pimpfs nachkam, und zum Jugendfilm antrat? Wie gesagt, Mama war dagegen. Sie war auch nicht zu überzeugen, und ohne ihr Einverständnis wollte ich nicht gehen. Außerdem hätte mir dann das Eintrittsgeld gefehlt.

Das hat mich schon sehr gewurmt. Einmal hat es mich sogar total aus der Fassung gebracht. Es muss ein besonders spannender Film auf dem Programm gestanden haben. Ich hatte Mutter inständig angefleht: „Alle dürfen, warum ich nicht?" Keine Reaktion. Mein Ärger steigerte sich: „Unser Fähnleinführer sagt, es ist Pflicht." Mama blieb ungerührt. Ich geriet in Zorn. Es war zum die Wände hoch gehen. Mit Händen und Füßen stemmte ich mich im Türrahmen hoch und brüllte von oben: „Ich zeige euch an. Unser Fähnleinführer hat gesagt, man soll die Eltern melden, die ihre Kinder nicht gehen lassen."

Heute weiß ich nicht mehr, was dann geschah. Hat Mutter mich schließlich doch gehen lassen? Möglich ist es. Denn es war schon vorgekommen, dass Kinder ihre Eltern denunzierten.

In diesen Zusammenhang passt eine weitere Scheußlichkeit, die ich mir als junger Hitler-Anhänger geleistet habe. Es war gegen Ende des Krieges. Allen Vernünftigen muss klar gewesen sein: Das Dritte Reich geht zu Ende. Wer Mut hatte, informierte sich über Radio London, wie die

Fronten wirklich standen. Darauf stand allerdings die Todesstrafe. Als Pimpf war ich auf dem laufenden: Feindsender hören ist tödlich. Man hatte uns genau instruiert, sogar über das Sendezeichen. Drei Klopftöne, bum, bum, bum. Eines späten Abends höre ich in meinem Bett von der Küche rauf dieses Sendezeichen, bum, bum, bum. Ich kann es nicht glauben. Bei uns wird der Feindsender gehört. Meine Mutter, meine Tante Lies'chen tun so etwas! Ich husche aus meinem Bett, schleiche mich die Treppe runter und stehe plötzlich in der Küchentüre. Mama und Tante Lies'chen sitzen eng beieinander. Das Radio mit einem Handtuch umhüllt steht zwischen ihnen auf dem Küchentisch. Sie erstarren als sie mich in der Türe stehen sehen. Bum, bum, bum tönt es leise unterm Handtuch her. „Wisst ihr, dass ich euch anzeigen muss?" schoss es aus mir heraus. Aufgerissene Augen! „Du – das wirst du nicht tun. Das tust du nicht!" Ihre Stimmen überschlugen sich vor Angst und Entsetzen.
Dieser Augenblick gehört zu dem, wofür ich mich lebenslang schäme. Wie oft haben wir später als Erwachsene über diese Situation gesprochen. Schlimm war und ist: Sie waren sich damals nicht sicher, was ich tun würde. Allzu oft hatte ich vom eisernen Durchhaltewillen der Heimatfront gefaselt, nachgeplappert was in Sondermeldungen und Wochenschauen ständig zu hören war. Nein, man konnte sich nicht sicher sein, sogar nicht dem eigenen Sohn gegenüber.

In Kriegszeiten sind Väter unterwegs

Der Zeiten des Zweiten Weltkrieges zu gedenken heißt auch, sich an meinen Vater erinnern. Er wurde schon früh dienstverpflichtet und kam zuerst in eine Fabrik in Braunschweig, in der Kampfflieger gebaut wurden. Dort ist er krank geworden. Ich sehe ihn später mit weißen Verbänden um beide Hände, wahrscheinlich von einer Allergie befallen. Mir kleinem Jungen hat man das damals nicht erklärt.

In den Genesungszeiten daheim kommt er eines Tages in unsere Küche rein, trägt unterm Arm ein Radio, stellt es auf den Küchenschrank und sagt: „Das brauchen wir jetzt. Da kommen Nachrichten drin."

Im Vergleich zu meiner Mutter sind die Erinnerungen an meinen Vater auffällig spärlich. Das kommt wohl daher, dass er in meiner Kinderzeit so wenig daheim war.

Mein Vater hatte, so wie ich viel später auch, einen Freund mit Namen Jupp. Mit dem muss er an den Wochenenden viel unterwegs gewesen sein. Diesbezügliche Unmutsäußerungen meiner Mutter weiß ich noch, wenn sie über „Krämers Jüppchen" wetterte. Beide Männer waren Segelflieger. Vielleicht mehr begeistert als erfolgreich, denn mein Vater wurde damit verspottet, einmal auf einem Misthaufen gelandet zu sein.

Was ich sonst noch zusammenbringe sind nur ganz kurze Eindrücke. Der eine: Ich sitze am Abend mit meinem Vater am Wohnzimmertisch. Über uns hängt eine Lampe aus schwarzen geschnitzten Quadraten mit exotischen Motiven. Elefanten, Mohren und Sänfteträger sind erkennbar. Roter Stoff ist hinter den Figuren gespannt. Vater sagt zu mir: „Das alles habe ich selbst geschnitzt." Ich staune und fühle mich bei ihm warm geborgen.

Ein anderes Bild: Ich stehe als kleiner Knirps in der Türe zu seiner Werkstatt. Mein Vater war selbständiger Klempner und Installateur. An den Wandregalen hängen Hämmer und Zangen. Viel Metallenes steht und liegt umher. Mittendrin mein Vater in Arbeitskleidung mit schmutzigen Händen. Mein Platz wird das nicht, muss er an meinem Gesichtsausdruck erkannt haben.

In seiner Soldatenzeit war mein Vater lange in Frankreich. Als Besatzungssoldat ist es ihm dort sicher nicht allzu schlecht ergangen. Nach der Invasion in der Normandie wurden die Besatzungssoldaten an die Ostfront abkommandiert. Kurz vorher kam mein Vater noch einmal auf Urlaub nach Hause. Wir wussten, jetzt muss er gegen die Russen kämpfen. Ob er jemals wieder zurück kommt?

Am Abschiedstag herrschte große Bedrückung. Mutter lief stumm und aufgeregt durchs Haus. Auch Vater pilgerte von der Küche raus in den Hof und wieder zurück. Dann blieb er am Küchentisch stehen und drückte seine Zigarette in den

Aschenbecher. Dabei sah er mich ganz merkwürdig an, sagte aber nichts. Als er dann das Haus verlassen hatte, habe ich die Zigarettenkippe an mich genommen. Das war das Letzte, was Papa hier berührt hat. Wenn er nicht mehr nach Hause kommt, so dachte ich mir, dann habe ich ein ganz nahes Andenken an ihn.

Wir haben lange auf ihn warten müssen. Die Sowjets ließen ihn erst lange Zeit nach dem Krieg nach Hause. Wie oft habe ich mein Sprüchlein aufgesagt „Papa ist in russischer Gefangenschaft." Doch eines Tages ging es wie ein Lauffeuer durchs Dorf: „Fuhrmanns Hein ist wieder da!" Mama lief so wie sie war in der Schürze runter auf die Straßenkreuzung. Ich selbst traute mich nicht so recht. Eine Welle undeutlicher Gefühle hielt mich zurück. Ich ging aber doch bis zur Kirche.

Dann kamen sie die Gasse herauf. Ich war entsetzt. Ein kleines gebeugtes Männlein schlich an Mutters Seite die Gasse hoch. Grau und eingefallen im Gesicht und stoppelig kahl geschoren. Das sollte mein Vater sein, der stramme Panzerfahrer in der schmucken Uniform und den rabenschwarzen Haaren? Ich habe ihn nicht wiedererkannt. Ich wäre an ihm vorbei gelaufen.

Vater muss dieses Nichterkennen gespürt haben. Auch er war ganz unsicher, als er mich um die Schulter fasste. Reines Glück war es sicher nicht für ihn, diese Heimkehr. Wir alle brauchten viel Zeit, um beieinander anzukommen.

Der Einmarsch der Amerikaner

Schon bei Oma's Beerdigung war der Kampflärm der herannahenden Front zu hören. Es konnte nicht mehr lange dauern, bis die Amerikaner da waren. Man hatte davon gehört, dass sie ohne nennenswerten Widerstand durch die oberen Eifeldörfer vordringen konnten. Wichtig wäre, möglichst viele weiße Tücher rauszuhängen, gleichsam als Zeichen der Ergebung. Unsere Familie wollte das auch tun und deshalb waren wir aus dem Engelsley-Bunker zurück gekehrt. Außerdem wollten wir in der Nähe unseres Hauses sein. Niemand wusste ja, was bei einem Frontdurchmarsch alles passieren könnte. Eine bängliche Stimmung ließ die Leute zusammen rücken.

Bald stellte sich heraus, dass die Angst berechtigt war, denn die Vorbereitungen auf eine friedliche Übergabe unseres Ortes wurden jäh gestört. Ein junger Ritterkreuzträger fuhr im Kübelwagen aufrecht stehend durch die Straßen und ließ alle wissen: „Altenahr wird verteidigt." Die aus der Eifel zurück drängenden Soldaten wurden gestoppt und neu formiert. Alle schon ausgehängten weißen Tücher mussten schleunigst wieder eingeholt werden. Die Panzersperre am Ortsausgang in Richtung Kreuzberg wurde geschlossen. Die deutschen Panzer und Mannschaften gruppierten sich mit Schwerpunkt auf dem Girrelsberg, einer etwa fünfzig Meter hohen Bergnase, von wo aus die herankommenden Amerikaner gut beobachtet werden konnten.

Mutter hatte die Ihrigen längst versammelt. Bei der Gefahrenlage wollten wir nicht im Haus bleiben. Und so gingen wir bangen Herzens ein letztes Mal in den Weinkeller der Familie Weiß, der an diesem Tag gesteckt voll ängstlicher Menschen war. Eng zusammen gerückt saßen wir auf einer Bank, als draußen ein fürchterlicher Kampflärm losbrach. Plötzlich gab es einen Tumult am Kellereingang. Eine Truppe von deutschen Infanteristen wollte im vorderen Teil des Kellers Unterschlupf suchen. Aber die dort sitzenden Frauen stürzten sich auf die verängstigten Kämpfer: „Raus, raus mit euch!" Ich war entsetzt und dachte an Papa in Russland. Wenn es dem auch so ergeht.

Dann brach das Geschrei erneut los: „Die Amis stehen draußen mit Flammenwerfern. Wenn die Soldaten nicht rausgehen, feuern die damit in den Keller. Wir werden alle verbrennen."

Mutter wurde auf einmal ganz ernst. Sie zeichnete jedem von uns ein Kreuz auf die Stirn, dann zog sie Decken und Mäntel über unsere Köpfe und sagte: „Wenn wir sterben, sterben wir alle gemeinsam. Dann kommen wir miteinander in den Himmel." In diesem Moment überfiel mich eine schreckliche Todesangst. Jetzt schon sterben müssen! Ich war verzweifelt.

Irgendwann am Morgen wurde es draußen ruhiger. Auf dem Weg nach Hause begegneten uns schwarzhäutige Soldaten, die deutsche Gefangene mit Maschinenpistolen vor sich her trieben. Zerschossene Panzer standen in den Straßen. Waffen und Munition lagen umher. Mutter zerrte uns so schnell wie möglich die Gasse hoch. Wie es schien, war für uns der Krieg zu Ende, und wir lebten noch. Ein unglaubliches Gefühl. Ich weiß noch wie Mutter sagte: „Ihr könnt ins Bett gehen. Aber zieht euch vorher aus." Das hatten wir lange nicht mehr getan, uns vor dem Schlafengehen ausziehen.

Eingeschlafen war ich noch nicht, da hörte ich draußen wieder Geschrei auf der Straße: „Altenahr wird gesprengt!" Mutter raste wie wild durchs Haus. Was denn jetzt? Wir rafften zusammen was wir fassen konnten, liefen halbnackt auf die Gasse. Niemand wusste etwas genaues, nur immer der Ruf: „Altenahr wird gesprengt."

Später erfuhren wir, was wirklich geschehen war. Der deutsche Ritterkreuzträger hatte mit seiner Verteidigungsaktion den überraschten Amerikanern große Verluste zugefügt. Viele waren gefallen. Auf deutscher Seite waren es so viele, dass später auf unserem Friedhof ein Soldaten-Gräberfeld eingerichtet werden musste. In der ersten großen Wut wollte die amerikanische Heeresleitung Vergeltung üben. Dieses Widerstandsnest sollte ausgeräuchert werden.

Dass es nicht dazu kam, ist den beiden älteren Fräulein Mechthilde und Maria Poppelreuter zu danken. Sie waren aus gutem Hause, konnten

Englisch sprechen und führten in Altenahr eine kleine Pension. Diese beiden tapferen Frauen haben den amerikanischen Kommandanten davon überzeugen können, dass es nicht die Einwohnerschaft war, die hier Widerstand geleistet hatte, sondern der fanatische Ritterkreuzträger mit seinen Gefolgsleuten. Das war noch einmal gut gegangen, aber ganz knapp. Mutter hat in späteren Jahren immer wieder erzählt, dieser Morgen sei für sie das Schrecklichste vom ganzen Krieg gewesen.

Wer fürchtet sich vorm schwarzen Mann?

Jetzt waren sie da, die amerikanischen Soldaten. Viele von ihnen waren „schwarz wie die Nacht", damals ein ungewohnter Anblick für uns Dorfleute. Schwarze kannte man nur von Missionsbildern aus Afrika. Und nun liefen sie einem ständig über den Weg. Manche von ihnen machten sich einen Spaß daraus, uns Kinder zu erschrecken. Dann rollten sie mit den Augen und bleckten die Zähne, sprangen ein zwei Schritte mit ausgestreckten Armen auf uns zu und machten „Huh!"
„Wer fürchtet sich vorm schwarzen Mann?" Dieses Gruppenspiel hatten wir ja schon oft gespielt. Jetzt bekam es eine ganz neue Dimension. Wer jetzt nämlich standhielt, bekam nicht selten ein Stück Schokolade vom schwarzen Mann. Dafür konnte man schon mal was riskieren.

Für die erwachsenen Mädchen und Frauen war die Situation nicht ganz so unterhaltsam. Zwar wusste man von einigen weniger gut beleumundeten Damen, dass sie im freiwilligen Verkehr mit den schwarzen Soldaten viele rare Leckereien abgestaubt hatten. Die meisten einheimischen Frauen wollten aber darauf gerne verzichten. Nur war das nicht allein in ihre Macht gegeben. Sogar ich junger Kerl wusste damals von Schreien in der Nacht und manchem Geraune, welche Frau es wieder getroffen hatte.

Später hieß es, die amerikanische Militärpolizei würde bald durchgreifen und dem nächtlichen Spuk ein Ende machen. Es war aber auch die Redewendung zu hören: „Dafür muss man Verständnis haben. Das ist der Stoßtrupp der Front, das sind die ganz harten und wilden Kämpfer. Und die Unsrigen waren wohl auch nicht besser."

Meine Mutter und Tante Lies'chen sowie eine Anzahl von Nachbarsfrauen waren auf die Idee gekommen, sich möglichst unansehnlich und alt zu kleiden. Zahnlücken wurden gemalt und Gebissteile herausgenommen, alles nur in der Hoffnung, von den Soldaten verschont zu bleiben.

Später als die Nachfolgetruppe die „Erste Welle" abgelöst hatte, normalisierte sich die Lage. Mama und Tante Lies'chen wurden wieder ansehnlicher und nun kamen auch wieder Wünsche auf, die bisher lange verschüttet waren. Beispielsweise die Sehnsucht nach einer guten Tasse Bohnenkaffee.

Wann hatte man die letzte getrunken? Ewig lange her. Jahrelang nur Muckefuck.

Jeder wusste, dass die Amerikaner Bohnenkaffee in Hülle und Fülle hatten. Wenn sie im Garten des Hotels Jägerheim zusammen frühstückten, dann kroch der Duft von echtem Bohnenkaffee durch halb Altenahr. Die Mütter redeten ständig davon, so lange, bis ich mit einigen Kameraden eine Lösung des Problems in Aussicht stellen konnte.

Wir hatten beobachtet: Bei gutem Wetter saßen die Soldaten rund um einen großen Kessel, in dem viele Liter Kaffee dampften. Was die Soldaten brauchten, schöpften sie einfach aus dem Kessel. Nach dem Frühstück wurde der Kessel umgekippt und der Rest Kaffee einschließlich der gemahlenen Bohnen floss in den Kanal. Diesen Augenblick galt es auszunutzen.

Wir Burschen stellten uns also draußen am Gartenzaun des Hotels auf, so dass wir das Geschehen genau beobachten konnten. Jeder von uns hatte ein leeres Militär-Kochgeschirr in der Hand. Im entscheidenden Moment stürmten wir los. Noch ehe der Kessel vollends umkippte, schlugen wir unser blechernes Gefäß in den Kaffee, möglichst tief, damit auch etwas Kaffeesatz miterfasst wurde. Dann ein Sprung zurück und ab durch die Mitte nach Haus.

Beim ersten Mal unserer Beute-Aktion waren die Soldaten so verblüfft, dass sie überhaupt nicht reagierten. Später als sie wussten, was wir vorhatten, reagierten sie unterschiedlich. Einige ließen uns einfach gewähren. Andere winkten uns sogar heran, damit wir in Ruhe unsere Kesselchen füllen konnten. Ab und zu war auch einer dabei, dem unser Tun nicht gefiel. Dann hatten wir keine Chance und mussten mit leerem Kochgeschirr nach Hause traben. An allen anderen Tagen war es für Mutter und Tante Lies'chen ein Fest, wenn der duftende Kaffee auf den Tisch kam. Vom erbeuteten Kaffeesatz haben sie dann noch mehrmals nachgebraut. Gegenüber dem gewohnten Muckefuck war das immer noch eine Delikatesse.

Woher bekommen wir was zu essen?

Die Amerikaner wurden später von französischen Besatzungssoldaten abgelöst. Zu dieser Zeit gab es in den Läden nur noch wenig zu kaufen. Die Händler hielten ihre Waren zurück, denn die Reichsmark hatte kaum noch einen Wert. Es war die Zeit der Zigaretten-Währung.
Auch bei uns daheim wurde es ziemlich eng. Die vier Kinder hatten ständig Appetit. Ein Brot war im Nu aufgeschnitten. Einmal bat ich meine Mutter um eine weitere Schnitte. „Es ist keine mehr da" musste sie mir sagen. Und dann sah ich Tränen in ihren Augen. Sie selbst hatte angeblich keinen Hunger, wurde dabei aber immer schmaler. Von Zeit zu Zeit ging Mutter mit mir zusammen nach Mayschoß,

einem drei Kilometer entfernten Ort an der Ahr. Dort hielt ein gütiger Metzger seinen Laden offen, obwohl die Regale leer standen. Wenn wir bei ihm ankamen, gab es zuerst ein längeres Gespräch über dies und das. Ob man immer noch nichts von Vater Hein gehört habe? Ob noch alle gesund seien, womit man den Ofen heize, und so fort. Dann sprach er von seinen eigenen Sorgen. Man wisse ja, es gäbe kaum noch ein Stück Vieh zum schlachten. Schließlich griff er dann doch unter seinen Ladentisch. Für meine Mutter hielt er immer etwas bereit, sogar ein Wursträdchen für mich. Dankbar zogen wir wieder nach Hause. Herr Damian, so hieß der gute Mann, behält seitdem einen Platz in meinem Herzen.

Ich sagte es schon, mit der Reichsmark kam man nicht weit; eher schon mit Zigaretten. Für Zigaretten konnte man manches eintauschen. Aber wer hatte schon Zigaretten? Natürlich die Besatzer, die französischen Soldaten.

Da kam mir eine Idee. Man könnte Kippen sammeln. Also bin ich morgens ganz früh durch die Straßen gegangen und habe die am Vortag weggeworfenen Zigarettenkippen aufgehoben. Zu Haus wurden die Aschenreste entfernt und der Tabak locker aufgekrümelt. Nach einiger Zeit hatte ich eine ganze Dose voll Tabak. Dafür ließ sich schon etwas eintauschen.

Tante Lies'chen brachte das Tauschgeschäft in Gang. Sie marschierte über die Berge zu den

Bauernhöfen, um Essbares für uns zu finden. Dabei tauschte sie meinen Tabak, aber auch so manches eigene Textil oder Schmuckstück ein. Wenn Tante Lies'chen abends nach Hause kam, zog ein Hauch von Bescherung durch unsere Küche. Brot, Eier, Speck – lange entbehrte Kostbarkeiten schälten sich aus ihrem Rucksack. Jubelnde Freude, wenn auch nur von kurzer Dauer. Denn trotz aller Sparsamkeit, bei so vielen hungrigen Mäulern war auch der letzte Wurstzipfel bald gegessen.

Tante Lies'chen ist oft und oft über die Berge gewandert, um uns Kinder am essen zu halten. Für diese Tagestouren hatte sie sich mit zwei weiteren Frauen aus der Nachbarschaft zusammen getan. Frau Binder ist mitgegangen und Frau Koßmann. Erstere war im Ruhrgebiet ausgebombt worden, eine Frau aus der Stadt mit feinen Manieren. Aus ihrem vornehmen Haushalt hatte sie noch einige gute Stücke vor den Bomben retten können. Unter anderem einige kleine echte Teppiche, die sie nun schweren Herzens über die Berge zu den Bauern trug. Es waren nicht immer angenehme Geschichten, die von den drei Frauen mit nach Hause gebracht wurden. Manch rüpelhafte Bemerkung muss gefallen sein. Zwei davon haben sich bei mir eingegraben. Zu den Teppichen von Frau Binder: „Mit so was können wir mittlerweile den Schweinestall auslegen." Ein anderer soll gesagt haben: „Wir Bauern scheißen fettiger als ihr Städter essen könnt."

Vierter Teil
EIN EIFRIGER JÜNGER GUTENBERGS

Der Junge soll Schriftsetzer werden

Gegen Ende meiner Volksschulzeit hatte ich den heißen Wunsch, Lehrer zu werden. Eine ziemlich utopische Idee, denn zum Studieren hätte ich ja erst mal das Gymnasium abschließen müssen. Das war aber schon vor Jahren verpasst worden, weil meine Mutter in den Kriegszeiten von der Angst beschlichen war, es könnte mir beim Zugfahren in die Kreisstadt eine Bombe auf den Kopf fallen.
Zwar gab es noch eine kleine Chance, wenn das Pädagogium in Münstermaifeld mich damals aufgenommen hätte. Die Aufnahmeprüfung war bestanden, doch dann kam die bittere Nachricht, man könne nur noch Stadtschüler nehmen, weil im Internat die Beköstigung nicht mehr sicher zu stellen sei.
Was also sollte ich tun? Für einen anderen Beruf konnte ich mich zunächst nicht entscheiden. Doch dann ergriff mein Vater die Initiative. Kurz entschlossen fuhr er mit mir in die Kreisstadt Ahrweiler zum Arbeitsamt. „Schaut mal, was der Junge für ein gutes Schulzeugnis hat. Für den muss es doch eine passende Lehrstelle geben."
Ob passend oder nicht. Vater Hein bekam drei Adressen in die Hand. Eine Metzgerei suchte einen

Lehrling. Das Hotel Fürstenberg in Bad Neuenahr bot an, einen Kellner auszubilden. Und in der Druckerei P. Plachner in Ahrweiler war eine Lehrstelle zum Schriftsetzerberuf frei. „Dann mal los" sagte mein Vater „fangen wir vorne an". Brav trabte ich hinter meinem Erzeuger durch Ahrweiler. Mir war ziemlich egal, wer mich nehmen würde.
Die Druckerei lag als erste auf unserem Weg. Warum nicht Schriftsetzer werden? Vater und ich hatten zwar keine Ahnung, was man da tun müsste, aber man könnte ja mal fragen. Also traten wir ein, stellten uns zum Empfangsschalter und warteten ab. Vor uns stand eine schwarz gekleidete Frau, die sich aus einer Mappe mit Todesanzeigen einen Text aussuchte. Dann kamen wir dran. Mein Vater führte das Wort. Sein Sohn wolle Schriftsetzer werden, eigentlich schon immer. Jetzt habe man von der Möglichkeit erfahren und das Arbeitsamt hätte auch schon zugestimmt. Ich staunte, wie schnell mein Vater die Situation erfasst hatte. Ja, ja, auch er sei ein selbständiger Handwerker, der Junge an Ordnung und Sauberkeit gewöhnt. Und das Wichtigste: Ein Zeugnis habe der Junge, so ein gutes Zeugnis. Damit könne man doch gewiss Schriftsetzer werden.
Herr Pechel, der Prokurist der Firma ließ uns in seinem Büro Platz nehmen. Mein Zeugnis machte tatsächlich einen gewissen Eindruck auf ihn. Er sprach davon, wie wichtig es sei, besonders in Deutsch firm zu sein. Aber auch sonst sollte man

eine gute Allgemeinbildung haben oder doch wenigstens bereit sein, sich eine solche anzueignen. Ich nickte. Schließlich hatte ich mal vorgehabt, Lehrer zu werden. Davon sagte ich jedoch nichts. Überhaupt war ich ziemlich zurückhaltend. Dafür war Papa um so lebhafter. Ob man sich mal in der Druckerei umsehen dürfe? So eine Gelegenheit bekomme man nicht alle Tage.

Die augenscheinliche Interessiertheit meines Vaters muss dem Prokuristen gefallen haben. Er ließ uns einen Blick in den großen Saal mit den Setzkästen und Druckmaschinen tun. Dabei erzählte Herr Pechel von der Jahrhunderte langen Tradition der Buchdruckerkunst, vom Gründervater Gutenberg, und dass man in früheren Zeiten sogar Latein gesprochen habe.

Irgendwann wurde das Plaudern konkreter. Ob ich nun wirklich wollte, wurde nicht mehr gefragt. Dafür aber, wann ich anfangen könnte. „So bald wie möglich" meinte mein Vater. Und dann war auch schon die Rede vom Lehrvertrag. Die Probezeit wurde vereinbart und die Dauer der Lehrzeit. Vier Jahre musste damals ein Schriftsetzer lernen. Mein Vater war mit allem einverstanden. Auch mit dem Wunsch meines neuen Prinzipals, ich möge morgens eine Stunde vor Arbeitsbeginn da sein, um die Heizung in Gang zu setzen. Die Arbeitsräume nach Feierabend zu säubern sei ebenfalls Aufgabe des Lehrlings. Auch das fand die Zustimmung von Vater Hein. Lehrjahre seien eben keine Herrenjahre, meinten die beiden Herren schmunzelnd. Ein Handschlag unter Männern, in den auch ich jetzt eingeschlossen wurde, beendete die Runde. Meine Karriere als Schriftsetzer konnte beginnen.

Mein erster Arbeitstag als Schriftsetzerlehrling begann am 1. Dezember 1948. Es war Winter. Den Umgang mit der Heizung hatte man mir schon gezeigt. Dazu musste ich eine hölzerne Falltüre heben und über eine Treppe hinab in den Keller gehen. Über Nacht war die Glut im großen Ofen abgedeckt. Zuerst galt es, die heißen Schlacken heraus zu nehmen und Koks nachzulegen, dann auf „volle Pulle" hoch schalten und hoffen, dass im ganzen Haus die Heizkörper warm wurden.

So locker wie ich das jetzt sage, ging das aber meistens nicht. Nicht selten war der Ofen in der Nacht so sehr herunter gebrannt, dass ich große Mühe hatte, das Feuer rechtzeitig auf die erforderliche Hitze zu bringen. Manchmal war es aber auch schnell „zu heiß in der Bude". Dann wurde ich vom Chef wegen Verschwendung von teurem Brennmaterial zusammen gestaucht. Diese spannungsgeladene Situation möchte ich nun etwas genauer schildern. Vielleicht lässt sich an diesem Beispiel erkennen, in was ich da hinein geraten war, was mein Herr Papa mit dem Sprichwort belegt hatte „Lehrjahre sind keine Herrenjahre".

Die in der Story agierenden Personen sind mein oberster Chef Alexander Plachner, mein direkter Lehrmeister Friedrich Klein und ich. Herr Plachner, der Namensträger der Firma, hatte alle Vollmachten aber keine Meisterprüfung. Eine solche brauchte man jedoch, um Lehrlinge ausbilden zu dürfen. Dazu hatte man Meister Klein und damit waren die beiden Herren in gewisser Weise von einander abhängig. Eine unterschwellige Konkurrenz die in der Frage mündete: „Wer hat hier zu sagen?"

Für meinen Lehrlingsauftrag als Heizer hieß das „Wer bestimmt, wann die Bude warm ist?" Im Alltag ging das so: Herr Plachner ruft den Lehrling Michael zu sich heran mit dem Auftrag: „Geh in den Keller und stell die Heizung zurück!" Dem obersten Chef gehorchend befolge ich die Anweisung. Nachher gehe ich zu meinem Meister, um etwas vom Schriftsetzen zu lernen. Der jedoch hat sich inzwischen demonstrativ Schal und Hut angezogen und verkündet: „So lange es hier so kalt ist, kann ich dir nichts zeigen. Mach die Heizung wärmer!"

Was soll ich tun? Meister Klein rührt sich tatsächlich nicht vom Fleck. Ich aber wollte doch was lernen. Keine Chance. Also schleiche ich mich in einem unbeobachteten Augenblick am Chef vorbei in den Keller und stelle die Temperatur höher. Nicht selten hat mich der Chef dabei erwischt. Dann ging das ganze wieder von vorne los. Ergebnis: So lange Meister Klein Schal und Hut aufbehielt, konnte ich ihm kein Geheimnis der Buchdruckerkunst entlocken. Nachzutragen ist noch, dass ich im Winter jeden Morgen um sechs Uhr da sein musste, um das

Heizungsspiel zu eröffnen. Bis zum Arbeitsbeginn um sieben Uhr hatte ich Gelegenheit, über „zu warm oder zu kalt" nachzudenken. Eigentlich hatte ich damit schon um fünf Uhr begonnen, denn so früh musste ich täglich aufstehen, um die erste Bahn nach Ahrweiler zu erreichen. Wie kalt es mir dabei wurde, hat mich nie einer gefragt.

Eine Lehrzeit mit Hindernissen

Im dualen System der handwerklichen Berufsausbildung ist der regelmäßige Besuch einer Berufsschule vorgesehen. Das war auch schon zu meiner Zeit so. Was aber tun, wenn die Berufsschule Ahrweiler keine Fachklasse für Schriftsetzer hat? Für die paar Schwarzkünstler hätte sich das angeblich auch nicht gelohnt. Also steckte man die wenigen „Graphischen" kurzerhand in die Malerklasse. Die Maler und Anstreicher hätten ja manchmal auch Buchstaben zu gestalten.
So saß ich nun mit einigen anderen Leidensgenossen in der Malerklasse und pinselte Buchstaben aufs Papier. Mit Schriftsetzen hatte das zwar nichts zu tun, doch das war ja auch bei vielem anderen so, was ich in meiner Lehre erlebte.
Ich weiß noch genau, wie mein erstes Werk aussah, das ich in der Malerklasse abgeliefert habe. Es war die handgemalte Wortfolge eines im Kreis gestal-

teten Werbespruchs: „Wer an Drucksachen spart, spart an falscher Stelle." Die beiden Worte „spart – spart" waren gleichsam als Aufforderung herausgehoben und standen damit im krassen Gegensatz zum Werbesinn, nicht an Drucksachen zu sparen. Solcherlei Feinheiten wurden jedoch nicht bemerkt. Vielmehr bekam ich einiges Lob für meine exakten Buchstaben, die „wie gedruckt" aussähen. Genau das hätte ich allerdings gerne gelernt, mit Druckbuchstaben Schrift zu setzen, statt sie von Hand zu pinseln.

Die Langeweile des Unterrichts wurde manchmal durch unerwartete Ereignisse unterbrochen. Ein solches passierte eines Tages in einer Lernpause. Wir Lehrlinge standen in lockeren Grüppchen und boxten aus Spaß einander an. Da trat Herr Direktor Frey in unsere Runde. Leutselig sprach er davon, dass auch er in jüngeren Jahren gerne und gut geboxt habe. Noch heute traue er sich zu, mit Kerlen wie uns in den Ring zu steigen. Ehrlich? „Ja, jederzeit" sagte der hohe Herr und tänzelte auf einen recht stabilen Burschen zu. Der holte kurz aus, und patsch lag unser Herr Direktor am Boden. Übel genommen hat er es dem jungen Mann nicht. Aber es gab auch kein weiteres Angebot mehr.

Später haben die Lehrverantwortlichen dann doch für die „Graphischen" nach einer anderen Lösung gesucht. Zunächst wurden Setzer- und Druckerlehrlinge aus benachbarten Landkreisen zusammen gefasst. Das gab dann wenigstens von der Zahl her eine Klasse, wenn auch aus unterschiedlichen Jahrgängen. Als Lehrer stellte sich der Druckereibesitzer Wahrlich zur Verfügung. Immerhin ein Praktiker, wenn auch nicht mehr. Ziemlich unbeleckt von dem, was bei der herannahenden Gehilfenprüfung theoretisch und praktisch verlangt wurde.

Die Rettung nahte erst gegen Ende meiner Lehrzeit. Den Prüfungs-Verantwortlichen der Industrie- und Handelskammer muss es damals aufgefallen sein, mit welch mageren Kenntnissen die Lehrlinge aus dem Berufsschulbereich Ahrweiler zur Prüfung antraten. Deshalb hieß es eines Tages, die graphische Fachklasse wird aufgelöst. Schriftsetzer-, Drucker- und Buchbinder-Lehrlinge fahren in Zukunft zur Berufsschule nach Koblenz. Ich war erleichtert und gleichzeitig sehr gespannt, wie es mir dort ergehen würde.

Was die praktische Arbeit betraf, so hatte ich meinen Meister Klein längst ausgereizt. Mehr wusste er einfach nicht. Theoretisch fühlte ich mich sicherer. Ich hatte mir nämlich eine Anzahl guter Fachbücher gekauft, unter anderem „Die Gehilfenprüfung als Schriftsetzer" von Walter Mehnert, hunderte von Prüfungsfragen mit den vorbereiteten Antworten. Die hatte ich alle auswendig gelernt. Und so passierte in Koblenz etwas Eigenartiges: Michael wusste auf viele Fragen eine gut formulierte Antwort. Erstaunlich! Der kommt doch aus Ahrweiler.

Ein Riesen-Bluff, denn wenn ich das Theoretische in der Schulwerkstatt in die Praxis umsetzen sollte, war ich hilflos. Entgegen meiner Selbsteinschätzung stellte sich nämlich heraus, dass ich nur in meinem Kopf ein Schriftsetzer war. Die Verbindung von Wissen und Können hatte nur unzureichend stattgefunden.

Das war eine bittere Erkenntnis für mich. Ich hatte viel nachzuholen. Doch ich wusste jetzt wenigstens, was ich noch zu lernen hatte. Lehrer und Mitschüler waren amüsiert über meine Auftritte. Das hatten sie wohl noch nicht erlebt: Weiß alles und kann nichts. Immerhin wählten sie mich bald zum Klassensprecher. Für dieses Engagement wurde ich sogar zu einer besonderen Aufführung der Oper „Freischütz" ins Koblenzer Opernhaus eingeladen. Meine Lehre hatte Tempo aufgenommen. Ich spürte, ich hatte noch eine Chance, und die wollte ich nützen.

Im Oktober 1952 habe ich dann tatsächlich die Gehilfenprüfung als Schriftsetzer bestanden. Im theoretischen Teil mit einem glatten „gut", Praktisch hat es nur zu einem „befriedigend" gereicht. Das war ja auch abzusehen, denn so viel Versäumtes ließ sich in der kurzen Zeit nicht mehr aufholen. Meister Klein sprach bei meiner „Gautsch-Feier" die unvergesslichen Worte. "Alles was ich tat, tat ich für dich, damit es dir einmal besser geht."

Der lange Weg zur Meisterprüfung

Die Lehrzeit lag hinter mir, jetzt wollte ich auch noch die Meisterprüfung machen. Doch bis dahin dehnte sich eine weite Strecke. Zunächst galt es, eine Reihe von Praxisjahren nachzuweisen. Außerdem hatte ich von der Industrie- und Handelskammer Köln erfahren, dass ein Mindestalter von fünfundzwanzig Jahren erreicht sein müsse, ehe man sich zum Meisterkurs anmelden könne. Dieser Kurs dauere etwa zwei Jahre. Man wäre also frühestens mit siebenundzwanzig Jahren Schriftsetzermeister.

Auch der weiteste Weg beginnt mit dem ersten Schritt. Es war eher schon ein Sprung, als ich mich im Juni 1953 um eine Anstellung als „Erster Akzidenzsetzer" in der Druckerei J. W. Schmitz in Bad Godesberg bewarb. Meine Praxiskenntnisse waren zwar inzwischen ganz gut geworden, aber gleich „Erster Akzidenzsetzer" sein wollen, das war mutig. Ich hatte Glück, ich wurde eingestellt.

Die Berufsbezeichnung „Erster Akzidenzsetzer" bedarf einer Erklärung. Das Lexikon schreibt zum Stichwort Akzidenz „Kleinere Gelegenheitsdrucksachen". Gemeint ist alles, was nicht zum Buch-, Zeitungs- und Zeitschriftendruck gehört. Positiv ausgedrückt, alles was gestaltet werden muss, was einen künstlerischen Anspruch hat. Der „Erste Akzidenzsetzer" ist demnach verantwortlich für die graphische Gestaltung aller Arbeiten dieses Bereichs. Er macht die Entwürfe, die andere Akzidenz-setzer ausführen.

Bis August 1956 habe ich diese Arbeit getan. Das belobigende Zeugnis liegt noch vor. Es war eine gute Vorübung für die spätere Meistertätigkeit. In Bad Godesberg kam aber auch noch hinzu, dass ich für die praktische Anleitung der Lehrlinge zuständig war. Zwar gab es in dem relativ großen Betrieb zwei geprüfte Meister, die letztverantwortlich für die Ausbildung waren. Aber weil alle wussten, was ich mal werden wollte, gab man mir diese Einübungs-Chance.

Zur Charakterisierung dieser Zeit und auch der Verdienstmöglichkeiten Anfang der fünfziger Jahre habe ich noch eine Erinnerung. Eingestellt wurde ich zum Brutto-Stundenlohn von knapp 1,70 DM. Im Umschlag der ersten Weihnachtsgratifikation, die damals wie eine Lohntüte noch persönlich überreicht wurde, lag ein Brieflein folgenden Inhaltes: „Wir freuen uns Ihnen mitteilen zu können, dass Sie aufgrund Ihrer guten Arbeit ab Januar 1954 einen Brutto-Stundenlohn von 2,- DM erhalten werden." Diesen Brief habe ich am Abend vor der Heimfahrt auf dem Godesberger Bahnhof geöffnet und gelesen. Vor Freude traten mir die Tränen in die Augen. Ich weiß es noch, als wäre es gestern gewesen. Ich bin vom Bahnsteig zu den Toiletten-räumen gelaufen, habe mich eingeschlossen und den Freudentränen freien Lauf gelassen. Zwei ganze Deutsche Mark in der Stunde, damit konnte ich mich sehen lassen. Ehrlich gesagt, nie mehr im Leben habe ich mich über eine Gehaltserhöhung so gefreut, wie an diesem vorweihnachtlichen Abend auf dem Bahnhof in Bad Godesberg.

Im September 1956 wagte ich den Sprung nach Köln, denn dort stand um diese Zeit der nächste Meisterkurs an. Ich war etwas mehr als zweiundzwanzig Jahre alt. Meine Bewerbung wurde deshalb abgelehnt, Mindestalter fünfundzwanzig Jahre. Sollten die nur ihren Kurs machen, dachte ich damals trotzig, ich werde mich auf eigene Faust vorbereiten. Wenn dann die Prüfung beginnt, werde ich von der Seite her einsteigen.

Meine subversive Vorbereitung begann damit, dass ich mich als Abendschüler im Wintersemester 1956/57 in den Kölner Werkschulen eingetragen habe. Fachklassen Typographie, Kalkulation, Betriebsabrechnung, also drei Abende in der Woche, im Sommersemester 1957 desgleichen. Im Wintersemester 1957/58 kam noch ein vierter Abend dazu mit Buchführung und Gesetzeskunde. Das galt auch fürs Sommersemester 1958 und für das darauffolgende Wintersemester. Damit war ich im Jahre 1959 angekommen, in dem die Meisterprüfung stattfand.

Selbstverständlich hat man sich gesträubt, mich ohne Meisterkurs zuzulassen. Da bedurfte es schon einer Sondergenehmigung des Regierungspräsidenten. Doch bei so vielen Semester-Bescheinigungen ist auch dieser Mann schwach geworden. Nur die

Prüfungsinstanz Industrie- und Handelskammer Köln musste sich noch selbst austricksen, indem sie eine amtliche Bescheinigung ausgestellt hat, dass Herr Michael Fuhrmann am Vorbereitungskurs auf die Lehrmeisterprüfung teilgenommen hat. Dieses schöne Papier verwahre ich immer noch.

Die Prüfung ging dann sauber über die Bühne, eine glatte „Zwei" in allen Fächern. Im Oktober 1959 hatte ich den Lehrmeisterbrief in der Hand. Ich war fünfundzwanzig Jahre alt.

Es soll nun noch erwähnt werden, dass ich während der abendlichen Vorbereitung zur Meisterprüfung auch noch mein Brot verdienen musste. Tagsüber war mein Arbeitsplatz in der Kölner Druckerei Franz Greven. Anfangs wohnte ich im Stadtteil Ossendorf, Straßenbahnendstation. Ein altes Ehepaar hatte mir dort in einer Holzbaracke ein kleines Zimmer vermietet. Der Mann bekam eine spärliche Rente und war für meine bescheidene Miete dankbar.

Bescheiden war auch alles, was die beiden Alten und mich selbst umgab. In meinem Raum stand ein Bett, ein kleiner Tisch mit Waschschüssel, ein Schrank und zwei Stühle. Im Winter wärmte mich ein Heizstrahler. Schlimmer war es im Sommer, wenn die Hitze durch die dünnen Bretterwände drang. Dann war es auch abends noch unangenehm heiß in der Bude. Immer wieder habe ich versucht, ein Stück Margarine für mein Abendbrot über den Tag zu retten, indem ich es vor Arbeitsbeginn ins kalte Wasser der Waschschüssel legte. Oft war sie abends ranzig.

Von der Endstation Ossendorf bis zur Innenstadt brauchte die Straßenbahn viel Zeit. Deshalb musste ich früh aufstehen, damit ich rechtzeitig um sieben Uhr am Arbeitsplatz war. Nach Feierabend begann bald der Unterricht in den Kölner Werkschulen. Wenn ich dann spät abends zu Hause ankam, waren meistens noch Hausaufgaben zu erledigen. Deshalb hat mich das viel gepriesene Kölner Nachtleben leider nicht oft gesehen.

Im letzten Jahr vor der Prüfung bin ich dann in die Innenstadt umgezogen. Inzwischen war nämlich mein Freund Jupp Zimmermann auch Schriftsetzer geworden und mir nach Köln gefolgt. Wir beide zusammen haben ein Zimmer in der Richard-Wagner-Straße bewohnt und mehr oder weniger glücklich in einem Doppelbett genächtigt. Tagsüber arbeitete Jupp mit mir in der gleichen Druckerei. Abends fuhren wir gemeinsam zu den Kölner Werkschulen. Allerdings hatte Jupp die Fächer Malerei, Bildhauen und Aktzeichnen belegt. Sein Wunschziel lag in dieser Richtung. Er ist später gymnasialer Kunsterzieher geworden und als Ober-studienrat in Pension gegangen.

Damals jedoch lag das alles weit voraus. Wenn Jupp abends vom Aktzeichnen kam, dann heftete er die Blätter an die alten Tapeten unseres Zimmers. Es konnte auch sein, dass er sie morgens dort hängen ließ, denn Jupp betrachtete unser Zimmer auch als

Ausstellungsort für seine Werke. Sehr zum Leidwesen unserer gestrengen Vermieterin, die ihre Wände nicht „mit diesen Schweinereien" verunstaltet sehen wollte. Da half es wenig, wenn Jupp ihr etwas von „Kunst" erzählte. Für sie blieben die Aktzeichnungen Sauerei.

Fünfter Teil
DAS LEBEN BREITET SICH AUS

Christel

Im Jahr der Meisterprüfung sollte auch geheiratet werden. Diese beiden Ereignisse hatte ich immer zusammen gedacht, das eine sollte das andere ermöglichen. Um diese Geschichte jedoch richtig beginnen zu können, muss ich weit zurück denken. Ich sehe mich dabei als sechzehnjährigen Lehrling in der Druckerei Plachner in Ahrweiler. Mein Dienstherr hatte damals seinen Sohn Paul in den Betrieb gebracht. Auch er sollte Schriftsetzer werden, doch das wollte er nie so ganz ernst nehmen. Als Achtzehnjähriger trieben ihn andere Wünsche um, überwiegend in Richtung junger Mädchen. Da hatte er ungleich mehr Erfolg als in der Kunst der Typographie. Hier konnte er seine Überlegenheit zeigen. Eine Demonstration seiner Künste habe ich später bei einem gemeinsamen Besuch in meinem Heimatort Altenahr erfahren.
Paul und ich waren Seilbahn gefahren, eine Altenahrer Attraktion, bei der sich immer viele Touristen aufhielten. Die schöne Agnes an der Kasse der Talstation hatte uns sogar ohne Ticket hinauf schweben lassen. Agnes war schon lange mein Schwarm. Doch weil sie zwei Jahre älter war und ich außerdem Null Ahnung hatte, wie ich an sie

hätte rankommen können, blieb meine Verehrung rein platonisch.

Für Paul war das kein Problem. Den Gesprächskontakt hatte ich ja schon hergestellt. Mit seinem Unternehmersohn-Charme brachte er es ruckzuck fertig, die hübsche Agnes für den Abend einzuladen. Zur späteren Stunde durfte ich dann aus einiger Entfernung zusehen, wie lang Profi-Küsse dauern können. Ich war tief beeindruckt, wie schnell und unkompliziert „meine" Agnes auf die Wünsche von Paul eingegangen ist. „Du muss noch viel lernen" meinte Paul anderntags, nicht nur beim Schriftsetzen.

Das Thema Küssen war damit jedoch noch nicht vom Tisch. Paul machte sich weiterhin einen Spaß daraus, mich unerfahrenen Jüngling heraus zu fordern. Neben den Tagesbekanntschaften hielt Paul sich auch noch eine feste Freundin. Sie hieß Gertrud und arbeitete in der Nähfabrik Höhnen in Remagen. Gertrud hatte eine Kollegin mit Namen Christel. Von dieser Christel war bei uns daheim schon mal die Rede gewesen. Beim Namenstag meiner Mutter hatte nämlich meine Cousine Änni von ihr erzählt, denn auch Änni war in der Nähfabrik Höhnen beschäftigt.

Neugierig geworden wollte ich nun wissen, was es mit dieser Christel auf sich habe. „Die ist nichts für dich" wimmelte mich Änni kurzerhand ab. „Die ist viel zu alt für dich." Dass ich mit dieser Christel später drei Söhne haben würde, konnte damals noch niemand ahnen.

Vorerst war der Freundinnenkreis um Paul herum nur mäßig daran interessiert, mich näher kennen zu lernen. Einzig meine Unerfahrenheit konnte sie ein wenig reizen, mit mir ihre Späßchen zu machen. Paul hatte ihnen erzählt, dass sein junger Kollege wohl noch nie so richtig geküsst habe. Damit kam der leicht missverständliche Spruch auf, ich sei in der CDU. Gemeint war nicht die Adenauer-Partei, vielmehr standen die Buchstaben für „Club Der Ungeküssten". Mich aus der CDU heraus zu befördern, wurde als Aufgabe unter den Damen abgesprochen. Gleichsam als spaßigen Wettbewerb, wer es als Erste schaffen könnte.

An einem bestimmten Sonntag sollte es passieren. Ich war mit meinem Fahrrad nach Ahrweiler gefahren. Später saßen wir bei Gertrud zusammen. Außer Christel war diesmal noch die rothaarige Ida mit dabei, auch eine Kollegin aus der Nähfabrik. Es wurde lustig und mit zunehmender Dämmerung auch eindeutig zweideutig. Eigentlich wäre es für mich eine passende Gelegenheit gewesen, meine Schüchternheit abzulegen. Vielleicht wollte ich mich aber auch nicht gerne als Jagdtrophäe sehen. Wie auch immer, als die Damen sich anschickten, mir konkret auf den Pelz zu rücken, habe ich Reißaus genommen.

Ich bin aus dem Zimmer gestürzt, habe mich aufs Fahrrad geschwungen und bin die zwölf Kilometer zurück nach Altenahr geradelt. Diesmal war ich noch einmal davon gekommen. Lange hat es jedoch nicht mehr gedauert, bis mein eigenes Sehnen die Richtung anzeigte. Die Figuren des Liebesspiels waren gestellt. Christel hatte den ersten Zug. Bei einem Fahrradausflug ist es geschehen. Stürmische Regengüsse trieben uns schutzsuchend zueinander. „Für mich zu alt oder für sie zu jung“ war kein Thema mehr. Mein erster richtiger Kuss hatte seinen naturverbundenen Rahmen gefunden.

Nicht alles gelingt auf Anhieb

Christel ist meine feste Freundin geworden. Sie hat mich durch alle Jugendjahre und Ausbildungszeiten begleitet. Neun Jahre gingen ins Land, bis unser selbst gestecktes Doppelziel erreicht war: Meisterprüfung und Hochzeit.
Doch nun sollte es ganz schnell gehen. Schon während der Prüfungsvorbereitungen hatte ich mich um eine Meisterstelle beworben. Vielleicht hätte ich mir damit etwas mehr Zeit nehmen sollen, denn die Merkur-Druckerei in Troisdorf-Spich entpuppte sich bald als glatten Fehlgriff. Anfangs sah alles noch recht gut aus. Man hatte dem jungen Paar sogar eine Betriebswohnung zur Verfügung gestellt, bei der damaligen Wohnungsknappheit eine große Hilfe. Als ich aber meine Arbeit beginnen wollte, erlebte ich eine böse Überraschung. Statt meiner

bisherigen Verhandlungspartner Dr. Jeserich und zwei Prokuristen stellte sich mir ein Herr Kirschbaum vor, der mir irgendwie bekannt vorkam. Auf mein Nachfragen wurde die Sache klar. Er hatte an der gleichen Meisterprüfung wie ich teilgenommen, sie aber nicht bestanden. In der Druckerei bekleidete er jedoch schon lange die Stelle des technischen Betriebsleiters, war also jetzt mein direkter Vorgesetzter. Ich hätte mich auf der Stelle umdrehen sollen, denn das konnte nicht gut gehen.

Herr Kirschbaum nützte alle Gelegenheiten um mir nachzuweisen, wer von uns der wahre Könner war. Schon in der ersten Auseinandersetzung bekam ich zu hören: „Meisterprüfung ist das eine, Praxiserfahrung ist das andere." Wie gesagt, ich hätte gleich aufhören sollen, denn ich hatte keine Chance. Erschwerend kam noch hinzu, dass in der Setzerei ein Herr Schell beschäftigt war, der bisher ohne Prüfung die Meisterfunktion hatte. Selbstverständlich fühlte dieser Mann sich durch mein Auftauchen ausgebootet und war deshalb auch gerne bereit, mit Herrn Kirschbaum gemeinsam dem neuen Meister zu zeigen, „wo der Bartel den Most holt."
Ich habe trotz aller Schwierigkeiten zwei Jahre durchgehalten. Christel und ich bewohnten zwar eine schöne Betriebswohnung, aber in diesen beiden ersten Ehejahren kam wenig Freude auf. Der betriebliche Ärger schwappte natürlich in alles Private hinein, gerade in einer Zeit, in der auch die

Partnerschaft erst eingeübt werden sollte. Das alles hatte ich mir ganz anders vorgestellt.

Keine Dunkelheit ohne einen Stern der Hoffnung. Im Jahre 1961 wurden gleich zwei davon sichtbar. Am 7. Januar wurde unser erster Sohn Bernward geboren und am 11. Dezember des gleichen Jahres der kleine Michael. Doch da hatten wir schon die Koffer gepackt. Vierzehn Tage später brachte uns der Nachtschnellzug nach Stuttgart und ein gütiges Geschick weiter in den Schwarzwald nach Altensteig. Der Spuk meiner ersten beiden Meisterjahre lag hinter mir. Es konnte nur besser werden.

Altensteig im Schwarzwald

Der Neuanfang an meiner zweiten Meisterstelle war eine Herausforderung, nicht zuletzt für meine Frau Christel. Ankunft mitten im Winter bei hohem Schnee. Zwei Babys, eines nur vierzehn Tage alt. Eine riesig große Altbauwohnung, nur mit Öfen beheizbar. Zunächst nur spärlich möbliert. Aber eine phantastische Aussicht aus mehr als einem Dutzend Fenstern von der Höhe herab ins Nagoldtal. Und ein archaischer Garten, massenhaft Obstbäume, ich habe sie nie gezählt. Im tiefen Gewölbekeller hohe Stellagen zur Obstablagerung. Gartengeräte von denen ich nicht mal die Verwendbarkeit wusste. Ein Pfarrersehepaar hatte hier mal seinen Lebensmittelpunkt gehabt, gleich neben der Evangelischen Stadtkirche. Ein Hausbrunnen murmelte von alten Zeiten und die Glocke der Kirchturmuhr ließ uns bei Tag und Nacht wissen, was die Stunde geschlagen hatte.

Die Druckerei war ein alter Familienbetrieb, bescheiden und strebsam, spezialisiert auf Fachzeitschriften der Medizin, eng verbunden mit dem Thieme-Verlag in Stuttgart. Ein Chef mit sozialem Engagement. Ein Freund von Professor Dannenmann, dem Gründer der Jugenddörfer. Die Jugenddorf-Chrystophorus-Schule mit Internat war ihr gemeinsames Werk. Auch das hatte mich im Hinblick auf unsere Söhne bestimmt, Altensteig als neuen Wohnsitz zu wählen. Alle Schularten am Ort, einschließlich Gymnasium mit Internat. Ungezählte Treppenstufen führten von unserem Haus hinab ins Tal zur Druckerei – und natürlich auch wieder hinauf. Morgens kurz vor sieben Uhr zu Fuß die vielen Treppen runter. Mittags wieder hinauf. Gegen halb zwei nochmal runter. Schließlich zum Feierabend wieder hinauf. Von Januar 1962 bis September 1971 bin ich diese Stufen täglich viermal gelaufen, zweimal runter und zweimal rauf. Ein Auto habe ich während dieser Zeit nicht gebraucht.

Unsere Druckerei hatte sich neben den wirtschaftlichen Zielen zur Aufgabe gemacht, eine gute Lehrlingsausbildung anzubieten. Das deckte sich sehr mit meinen Berufswünschen, denn ich hatte es am eigenen Leib erfahren, wie frustrierend es sein kann, nicht sorgfältig genug angelernt zu werden.

Angegliedert an das Internat der Jugenddorf-Chrystophorus-Schule Altensteig bestand damals eine Einrichtung, in die Jugendliche aus östlichen Ländern aufgenommen wurden. Sie lernten dort die deutsche Sprache und fanden eine erste Berufsorientierung. Die enge Zusammenarbeit unseres Chefs Dieter Lauk mit dem Jugenddorf brachte es mit sich, dass auch von diesen jungen Leuten einige in unserer Druckerei die Lehre begannen, je nach Begabung als Buchdrucker oder Schriftsetzer. Bei letzteren war für die Prüfung das Deutsch-Diktat entscheidend. Wer das Fehlerlimit überschritt, fiel durch, ganz gleich, wie gut er in anderen Fächern war. Also galt es, die Setzerlehrlinge auch im Fach Deutsch fit zu machen.

Während der täglichen Arbeit war das nicht möglich. Deshalb versammelten sich diese oft nach Feierabend bei uns daheim im Wohnzimmer. Erkennbare Fortschritte reizten dann auch manch anderen Lehrling, sich in diesem oder jenem Fach nachbessern zu lassen. Und so wurde es bald zur festen Einrichtung, sich zu vereinbarten Zeiten abends „beim Meister" zu treffen. Da konnte aus der ursprünglich geplanten „Staatsbürgerkunde" unversehens eine Diskussion über aktuelle Tagesfragen erwachsen. Und Fragen zur Typographie führten nicht selten auch zum Meinungsaustausch über andere Kunstrichtungen. Mir hat das viel Freude bereitet, mich mit den jungen Leuten zu befassen. Sie einerseits zu guten Berufsabschlüssen zu führen, andererseits aber auch bei manchem eine echte Lebenshilfe anbieten zu können.

Auf dieses Bemühen wurde später auch das Kreisjugendamt aufmerksam. Ich verwahre heute noch mit einigem Stolz eine Urkunde, in der ich als Erziehungshelfer ausgewiesen bin.

Auch für mich gab es in dieser Zeit manches zu lernen. Beispielsweise war ich bisher immer der Auffassung gewesen, dass Ordnung halten ein hohes Gut sei, eigentlich sogar die Voraussetzung dafür, gestalterisch tätig zu sein. Mein Lehrling Karl-Heinz hat mich daran zweifeln lassen. Wenn es darum ging, einen typographischen Entwurf zu machen, habe ich darauf bestanden, zuerst einmal Ordnung auf dem Schreibtisch zu schaffen. Papier hatte gerade zu liegen, auch das Schreibzeug musste seinen Platz haben. Dann konnte ich entwerfen. Karl-Heinz konnte das nicht, obwohl er künstlerisch hoch begabt war. Er konnte nur aus dem Chaos heraus schaffen. Auf abgerissenen Papierfetzen skizzieren, im Tohuwabohu entstand bei ihm Erstaunliches. Erst als ich das akzeptieren konnte, hatte er eine Chance. Sein Gymnasiallehrer hatte es nicht verstehen wollen. Bei ihm flog er als Sechzehnjähriger von der Schule. Als Schriftsetzer machte er Karriere und wurde Berufsschullehrer und Gestalter von Schulfunksendungen.

Neben den vielen anderen erinnere ich mich auch gerne an Manfred. Ein Riesen-Baby, vierschrötig, schon bei Lehrbeginn einen Kopf größer als ich. Er hatte Pranken die es fast aussichtslos erscheinen ließen, die kleinen Buchstaben in den Griff zu bekommen. Im Städtchen der Anführer, wenn Radau angesagt war. Wie oft hat mich seine Mutter angefleht, es doch weiter mit ihm zu versuchen. Zum Glück! Wenn ich heute schon mal die Altensteiger Lokalzeitung in die Hand bekomme, dann ist nicht selten von Manfred die Rede, wie er in den Sparten des Jugendsports agiert. Wie er sich für eine offene Jugendarbeit einsetzt, mit Gleichgesinnten ein Haus für junge Leute renoviert, selbstverständlich inzwischen auch ein anerkannter Fachmann des graphischen Gewerbes ist. Natürlich nicht mehr so, wie er es „bei Meister Fuhrmann" in alter Zeit gelernt hat. Dicke Pranken sind am Computer kein Hindernis mehr.

Letztens beim Weihnachtsmarkt hat er mir einen Glühwein spendiert. „Auf alte Zeiten" hat er gesagt und mir zugeblinzelt. Ich denke, wir haben uns verstanden.

Die drei Söhne

Knapp ein Jahr wohnten wir in Altensteig, da kam auch schon unser drittes Kind zur Welt, wieder ein Junge. Wir gaben ihm den Namen Ulrich. Damit hatten wir also in zwei Jahren drei Söhne zustande gebracht.

Als Vater ist man ja schon stolz, wenn man einen von dieser Menschensorte hat. Und nun gleich drei, da könnte einem schon die Brust schwellen. Doch es ist wohl geraten, den Vaterstolz nicht zu übertreiben. Schließlich hatte der wesentliche Anteil die Mutter ins Werk gesetzt und das in einer Weise, die meine lebenslange Hochachtung verdient. Drei Söhne in zwei Jahren zur Welt bringen und sie dann Tag und Nacht in ihrem Heranwachsen begleiten, immer gleich dreimal sich sorgen müssen für alles, was ein Kind täglich braucht und am Leben hält – das hat Christel sicher ganz anders erlebt, als ich es als Vater wahrnehmen konnte. Trotzdem will ich versuchen, einige Erinnerungen aus meiner Sicht festzuhalten.

DER ERSTGEBORENE: Er kam am 7. Januar 1961 zur Welt. Im Vollrausch väterlichen Stolzes wollte ich ihn Agamemnon nennen. Ich schwelgte damals in griechischer Mythologie. Nur der sagenhafte König von Mykene konnte geistig Pate stehen für meinen Erstgeborenen. Feldherr der Griechen vor Troja, ein lebensorientierendes Vorbild. Leider fand mein Enthusiasmus keine Zustimmung. Nicht bei der Mutter und auch bei keinem der Verwandten. Im Gegenteil.
Man überschüttete mich mit spöttischen Verballhornungen. Agamemnönchen würde man das arme Kind rufen, und so weiter. Ich musste mich geschlagen geben, was ja leider auch dem Feldherrn

vor Troja passiert war. Doch die Suche nach dem Vorbild-Namen war noch nicht beendet. Diesmal trieb es mich ins Reich der Kunst, denn mein Freund Jupp sollte Pate werden, damals ein Mann mit Aussicht auf eine Maler- und Bildhauer-Karriere.

Mein zweiter Namensvorschlag war deshalb Bernward, der Patron der Goldschmiede, in Hildesheim hochverehrt als mittelalterlicher Bischof mit Kunstverstand. Da konnte niemand mehr nein sagen. Bis auf den Standesbeamten im Rathaus, als ich den neuen Erdenbürger Bernward Josef anmelden wollte. "Josef ja" meinte der Beamte, „aber Bernward? Da ist ihnen wohl ein Schreibfehler unterlaufen. Wir schreiben Bernhard."

„Auf keinen Fall!" So ein Kunstbanause! Wusste nicht, wer Bernward war! Dem habe ich's gegeben. Nun ja. Vielleicht hätte ich doch noch einmal neu nachdenken sollen, denn das Buchstaben-Auswechseln von „w" nach „h" und zurück hat Bernward durch sein Leben begleitet.

DER ZWEITGEBORENE: Noch im selben Jahr kam der zweite Sohn zur Welt, es war am 11. Dezember 1961. Wenn ich das heute irgendwo sage, geht ein Schmunzeln über die Gesichter, natürlich in Erinnerung an den Gassenhauer „Alle Jahr zwei Kinder, eins im Sommer, eins im Winter." Das mit dem Sommer scheint mir biologisch fragwürdig, aber Januar und Dezember, das geht. Obwohl ich es niemandem zur Nachahmung empfehlen möchte. Es ist schon ein „gehöriger Schlauch" für die Mutter. Doch so weit ich mich erinnere, nahmen wir damals „alles dankbar aus Gottes Hand entgegen". Hatte nicht Christel bei der Familiengründung mutig getönt, sich durchaus fünf Kinder vorstellen zu können? Am besten schnell hinter einander. Dann könnten sie miteinander groß werden.

Dieser Zweitgeborene hat es von Anfang an den Eltern leicht gemacht. Schon bei der Geburt wurde das ersichtlich. Kaum setzten die Wehen ein, da war er schon da. „Nur keine Schmerzen bereiten" könnte man als sein Lebensmotto nehmen.

Mit der Namensfindung war es diesmal einfacher, so schien es jedenfalls. Die Tradition sollte fortgesetzt werden. Opa Michael stand noch hoch im Kurs. Mein Vater hatte den Namen auf mich übertragen, und nun war es an mir, den Stab an die nächste Generation weiter zu reichen. Das wollte ich auch gerne tun. Denn jeder, der meine Kindheitsgeschichte kennt weiß, wie stolz ich selbst auf diesen Namen bin.

Doch auch diese Namensgebung blieb nicht unproblematisch, weil die Versuchung groß war, die Namensgleichheit von Vater und Sohn auch auf andere Lebensbereiche zu übertragen. Außerdem wurde es zunehmend schwierig herauszufinden, wer gemeint war, der Alte oder der Junge. Da half es wenig, dass an der Zimmertüre von Vater Michael „Der Alte" stand. Private Briefe und amtliche

Nachrichten konnten immer beide betreffen. Vielleicht hat deshalb der Junior so bald seine Promotion betrieben. Aber selbst der Doktortitel schützt uns nicht endgültig vor Verwechslungen, denn noch im hohen Alter und bei längst anderer Adresse bekomme jetzt auch ich Briefe mit akademischem Titel.

DER DRITTGEBORENE: Weil bei der Geburt des zweiten Sohnes alles so glatt verlaufen war, konnte man sich bald wieder an die Planung des dritten heran machen, hätte man denken können. So war es aber nicht. Ich erinnere mich gut, dass Christel einmal bei einem Kurs über christlich erlaubte Empfängnisverhütung einem allzu forschen Referenten kurz und knapp gesagt hat: „Meine drei Söhne sind alles Knaus-Ogino-Kinder." Trotzdem – wir waren nun mal folgsame Christenmenschen und so nahmen wir, wie schon zuvor auch das dritte Kind „aus Gottes Hand" liebend und dankbar entgegen. Es kam am 28. Dezember 1962 zur Welt, just am Fest der unschuldigen Kinder.
Seit einem Jahr wohnten wir in Altensteig im Schwarzwald. Die beiden ersten Buben waren Rheinländer. Jetzt sollte ein echtes Schwabenkind zur Welt kommen. Doch diesmal ging es nicht so einfach. Als es los gehen sollte stellte die Hebamme aufgeregt fest, dass wir eine Steißlage zu bewältigen hätten. Da musste der Hausarzt her. Besser wäre es gewesen, wir hätten die Geburt in der Klinik

erwartet. Aber unsere mit so großem Gottvertrauen ausgestattete Familie hatte sich von Anfang an vorgenommen, die Kinder zu Hause zu begrüßen.

Aus dem Begrüßen wurde ein Ringen auf Leben und Tod. Aber wir haben es dann doch geschafft. Ulrich Maria blieb am Leben. Den Namensanteil Maria bekam er von meiner Schwester, die Patin wurde. Damit war Ulrich nun auch mit einer Schwierigkeit belegt, denn es blieb ihm unerklärlich, warum er als Junge lebenslang einen Frauennamen mitschleppen sollte. Auch der literarisch interessierte Papa konnte ihn nicht damit trösten, dass ein großer Dichter Rainer Maria geheißen habe.

Vorerst hatten wir jedoch andere Sorgen. Der Säugling war sterbenskrank. Wahrscheinlich hatte die raue Geburt es bewirkt, dass ein Magenpförtnerkrampf entstanden war. Das Kind konnte keine Speisen aufnehmen, jedenfalls nicht auf normalem Weg. Ulrich musste bald nach der Geburt in die Klinik nach Tübingen. Er wurde dort in einem Gestell viele Monate lang senkrecht aufgehängt, bis die Speiseröhre einen normalen Zugang zum Magen entwickelt hatte.

Als wir unseren Sohn wieder zurück erhielten, hatte er immer noch sein Geburtsgewicht. Ich habe ihn nicht wieder erkannt und ich hätte ihn auch nicht identifizieren können. Später beschäftigte mich die Überlegung, ob man ihn vielleicht in der Klinik verwechselt hätte. Das jedoch stellte sich bald als unnötige Befürchtung heraus. Ulrich war unser Sohn, vor allem war er das Kind seiner Mutter. Unverkennbar die Nase, unübersehbar ein Teil ihrer Lebensart. Doch manchmal auch „ganz der Vater", vor allem, wenn es um die Kontakte zum Weiblichen ging. Vielleicht wird darüber noch zu reden sein.

Vater sein – ein Versuch

Verständnisvoll hatte ich sein wollen, aber auch konsequent. Am Vater – so hatte ich es in der einschlägigen Literatur gelesen – sollen die Söhne sich aufrichten, aber auch reiben können. So hatte ich es mir vorgenommen. Doch was letztendlich daraus geworden ist, gibt in meiner Erinnerung kein klares Bild.
Für den Erstgeborenen wurde vor allem das An-mir-reiben zum Langzeitthema. Er hatte seinen eigenen Kopf. Viel Sinn für Soziales. Seinen späteren Arztberuf konnte ich allerdings damals noch nicht ahnen. Sein Zorn war gewaltig, wenn er Weisungen und Gebote nicht einsehen wollte. Beispielsweise brachte ihn der katholische Religionsunterricht regelmäßig auf die Palme. „Unbewiesener Unsinn" nannte er das, was für mich damals noch Richtschnur meines Glaubens war. Auch was unter dem

Stichwort „Christliches Elternhaus" sonst noch an Werten zu leben versucht wurde, schien ihm wenig erstrebenswert. Kirche und Familie waren für ihn Bastionen von Rückständigkeit und Unzeitgemäßem. Dagegen musste angegangen werden.

Da kann man als Vater ins Grübeln kommen. Hatten wir nicht ausreichend Gespräche geführt, auch kräftig diskutiert, etwa über das, was wir unter religiöser Bindung, Offenheit oder verantwortlicher Sexualität verstehen wollten? Ziemlich Unterschiedliches war dabei heraus gekommen, dazu leider auch Missverständnisse, Verletzungen, Distanz.
Nur gut, dass da noch zwei weitere Söhne waren. Besonders der Zweitgeborene gab sich alle Mühe, mein zerschundenes Vater-Image nicht weiter zu beschädigen. Damals hat mir das gut getan, „die ganz anderen Gespräche" mit ihm und seinen Freundinnen. Nur ja nicht mehr so heftig aufeinander losgehen, schließlich hatte „der Alte" schon genug gelitten.
Heute frage ich mich, ob er sich damals nicht überfordert hat, den verständnisvollen Part zu übernehmen. Oder hatte der später promovierte Diplom-Psychologe schon als Junge das Gespür für die Situation? Mag sein. Wahrscheinlicher ist jedoch, dass auch er seine Schwierigkeiten mit mir hatte. Vielleicht hätte auch er gerne ab und zu mit mir gekämpft, Differenzen aufgezeigt, die eigene

Meinung durchgesetzt. So aber war er „der liebe Junge", der Stolz des Vaters, willens und fähig all das zu erreichen, was Vater einstens für sich selbst erträumt hatte.

Drei Söhne – da muss sich doch einer um die Mutter kümmern, bei so vielen Männern. So etwa hat wohl der Drittgeborene gedacht und auch gehandelt. Deshalb ist er eher im Windschatten meines Vaterseins aufgewachsen. Jedenfalls habe ich wenig mitgekriegt von dem, was ihn in der Kindheit bewegt hat. Von außen gesehen war er der blonde Sunny-Boy, von Mädchen und der Mutter heiß geliebt, dazu noch ein Praktiker von Format. Blasse Theorien waren nicht sein Ding. „Das Leben ist schön" sagte er gerne. Aber auch ihm hätte es wohl gut getan, vom Vater etwas mehr Anerkennung für seine Lebensgestaltung zu erfahren.

Drei Söhne und ein Vater – eine Männergruppe, die erst langsam mit den Jahren erkennt, wie viel Leben ungenützt vorbei gerauscht ist, ohne es richtig wahrzunehmen. „Typisch Mann!" könnte man sagen. Spät, aber nicht zu spät beginnen wir zu ahnen, was wir aneinander haben. Schritt für Schritt scheint es uns nun zu gelingen, unsere Unterschiedlichkeiten positiv zu nutzen. Die alten Verletzungen beginnen zu vernarben, weil klärende Gespräche nach Verständnis suchen. Trennendes tritt zurück gegenüber dem, was uns verbindet – und das ist mehr, als wir lange Zeit wahrgenommen haben.

Musikalische Träume

In Altensteig hatte ich das Gefühl, angekommen zu sein. Nicht als könnte es nicht mehr weiter gehen, aber doch im Sinne von Heimat, von Geborgenheit und Halt. Jetzt wurden auch die lange zurück gestellten Wünsche wieder lebendig, zum Beispiel, mich wieder in der Musik zu betätigen.
Hatte ich doch immer noch viele liebe Erinnerungen an den Kirchenchor meines Heimatortes Altenahr. Das Foto unseres damaligen Chorleiters Vinzenz Ott zählt zu meinen privaten Kostbarkeiten. Dieser Mann hat mich sehr geprägt. Gregorianischer Choral war für ihn die Grundlage aller Musikalität und Stimmführung. „Schlankes Singen" nannte er es, wenn alle in eine einzige Melodie eintauchten, wo alle aufeinander hören und bei höchster stimmlicher Beweglichkeit und Dynamik die musikalische und inhaltliche Aussage zustande bringen. Bei uns war das in der Gregorianik erlebbar, blieb aber auch ständiges Übungsfeld für alles andere, was wir zu singen hatten.
Singen wollte ich allerdings jetzt nicht so gerne, lieber schon ein Instrument spielen. Mundharmonika und Blockflöte hatte ich von frühester Kindheit an gelernt. Auch auf der Gitarre kannte ich mich leidlich aus, immerhin so viel, das ich die gängigen Volkslieder begleiten konnte. Nun wollte ich einen größeren Schritt tun. Ich wollte Klavier spielen lernen.

Diesem Wunsch stand allerdings vieles entgegen, vor allem das: Ich hatte keines. Und es sah zunächst auch so aus, dass ich mir in absehbarer Zeit keines leisten konnte. Aber vielleicht konnte ich mich schon mal etwas vorbereiten, dachte ich. Im Untergeschoss unseres Hauses in Altensteig war immer wieder Klavierspiel zu hören. Frau Emmerich, die dort wohnte, wäre möglicherweise für erste Hinweise gut. Ein Gespräch mit ihr brachte mich auch wirklich weiter. Die ältere Dame ließ sich von meinem Lernwillen so weit begeistern, dass sie mir eine wöchentliche Klavierstunde anbot, für ganz wenig Geld, fast umsonst, weil ich es doch so gerne lernen wollte.

Selbstverständlich war uns beiden klar, einen Pianisten würde man aus mir nicht mehr machen können. Dazu war ich mit meinen achtundzwanzig Jahren schon viel zu alt. Aber zum Schlafliedchen für meine kleinen Söhne könnte es vielleicht reichen. Ich fing also mutig an. Rechte Hand „am Schloss", C D E, Fingerwechsel und so weiter. Die Lehrstunde war allzu schnell vorbei.

Jetzt sollte weiter geübt werden, aber wie und worauf? Ich hatte ja kein Instrument. Not macht erfinderisch, sagt man. Also musste ich mir ein eigenes Tasteninstrument erfinden. Dazu habe ich die Länge und Breite einer weißen und schwarzen Klaviertaste genau ausgemessen und diese dann in der entsprechenden Anzahl aus weißem und schwarzem Karton ausgeschnitten und auf eine

Unterlage aufgeklebt. Fertig war meine Klaviatur. Zwar konnte ich meine Papiertasten nicht nieder drücken, aber für einen Fingersatz-Anfang schien es zu reichen. Meine Lehrerin war erstaunt, wie gut geübt ich in die Klavierstunde kam.

Leider konnte das alles nicht von langer Dauer sein. Solche „Trockenübungen" mögen vielleicht rührend gewesen sein, haben auch meinen Lerneifer dokumentiert, aber ein echter Fortschritt war auf diese Weise nicht zu erreichen. Es gab keinen anderen Ausweg: Ein Klavier musste her.

Ich habe mich nach einer Firma umgesehen und bin dann mit meiner Frau Christel dort hingefahren. Es war die Klavierfabrik Paul Weiss in Spaichingen. Das lange Verkaufsgespräch möchte ich hier abkürzen. Ein neues Instrument kam aus Kosten-gründen von vorne herein nicht in Frage. Also ging es um ein gebrauchtes. Der Verkäufer schien mir sehr wohlgesonnen zu sein. Am Ende allen Verhandelns habe ich mein Piano bekommen, Fabrikat „Förster Leipzig", Schwarz, Hochglanz, zwar in der äußeren Form etwas klobig, aber doch von einer guten Klangqualität. Das wurde mir auch später von Klavierstimmern bestätigt.

Die Finanzierungsprozedur ist es wert, ausführlich festgehalten zu werden. Im Kaufvertrag steht: „Das Instrument wird auf zehn Monate gemietet, monatliche Miete DM 40. Nach diesen zehn Monaten erfolgt Restfinanzierung in 30 Monats-raten zu DM 45,60. Sollte sich Herr Fuhrmann entschließen, ein „neues" Piano zu kaufen, werden die als Miete bezahlten DM 400 voll angerechnet. Die erste Ratenzahlung erfolgt am 1.5.1962 durch Posteinzug."

Einschließlich der 0,5 Prozent monatlicher Zinsen habe ich insgesamt 1.368 DM bezahlt. Obwohl ich kein neues Instrument mehr gekauft habe, wurden mir die 400 DM Miete vom Rechnungsbetrag erlassen. Es lebe die alte deutsche Kaufmannsehre!

Ab Mai 1962 stand nun mein Klavier in unserem Wohnzimmer. Mein Spieleifer ist in diesen Zeiten durch Höhen und Tiefen gegangen. Mit dem ersten Schwung war ich schon mal bei den Bach'schen Inventionen gelandet. Auch die „Träumerei" Opus 15 aus den Kinderszenen von Robert Schumann habe ich seinerzeit ganz leidlich spielen können. Hin und wieder durfte ich in Altensteig sogar schon mal im Gottesdienst auf der Orgelbank sitzen. Später habe ich mich an die für Klavier gesetzten Volkslieder herangemacht, eingedenk meiner Vor-überlegung, meine Söhne beim Singen begleiten zu können.

Daraus ist allerdings nichts geworden, vom Weihnachtsabend einmal abgesehen. Die drei Burschen hatten nämlich längst einen anderen musikalischen Geschmack entwickelt. Trotzdem hat das Klavier mich bis heute durch die Jahre begleitet. Es sind immer noch glückliche Momente, wenn mir etwas darauf zu spielen gelingt.

Sechster Teil
ALS MANN DER KIRCHE UNTERWEGS

Die zweite Chance

Ende der 60er Jahre war in den Druckereien erkennbar, dass der Beruf des traditionellen Schrift-
setzers bald von der Elektronik eingeholt würde.
Deshalb begann ich mich umzuschauen, wo ich in
Zukunft einen anderen Arbeitsplatz finden könnte.
Zufall oder Fügung – ich bekam tatsächlich eine
neue Chance.
Nach einem Abendvortrag in unserer Kirchengemeinde kam ich mit dem Referenten ins Gespräch. Er erzählte davon, dass seine bisherige
Leiterstelle im Katholischen Volksbüro in Horb
möglicherweise bald neu besetzt würde. Er selbst
strebe einen Umzug nach Balingen an, wo ein
weiteres Büro dieser Art geplant sei. Die Diözese
suche jetzt nach einem Nachfolger für ihn.
Mich hat das sehr interessiert. Und nachdem ich
mich über die Aufgaben der Stelle und die
Bewerbungsvoraussetzungen informiert hatte, habe
ich mich beworben. Ich wurde angenommen,
musste jedoch zur Vorbereitung einen Halbjahres-
kurs im Katholischen Sozialinstitut auf dem Dom-
berg in Freising besuchen. Man muss sich das
vorstellen: Ein Vater von drei halbwüchsigen

Söhnen geht für sechs Monate „in Klausur". Zwei oder drei mal bin ich in dem halben Jahr nach Hause gefahren. Die übrige Zeit saß ich steif und fest im Ganztagesunterricht. Abschließend wurden wir in sieben Fächern geprüft. An Abschlussnoten konnte ich fünf mal „sehr gut" und zwei mal „gut" nach Hause tragen. Außerdem hatte mir Rektor Berchtold ins Zeugnis geschrieben: „Herr Fuhrmann hat mit sehr reger Anteilnahme und sehr großem Fleiß am Unterricht und an den Übungen teilgenommen und sich durchwegs sehr gute Kenntnisse angeeignet. Gewandt in Rede und Auftreten, reif und abgeklärt in Urteil und Haltung, war sein Verhalten mustergültig."

Jetzt endlich konnte ich meinen Dienst als Volksbüroleiter in Horb beginnen. Lange genug hatte ich auf den Start gewartet. Aber die neue Chance war es mir wert, besonders deshalb, weil mit der neuen Aufgabe Inhalte und Tätigkeiten verbunden waren, die ihre Schwerpunkte im Bereich der Bildung hatten. Wollte ich nicht schon immer Lehrer werden?

Mein Start im Katholischen Volksbüro Horb war im Oktober 1972. Im Einzugsbereich der beiden Landkreise Freudenstadt und Calw ging es um die Geschäfts- und Rechnungsführung von zwei Dekanatsräten. Außerdem erwartete man inhaltliche Impulse für die Programmgestaltung der katholischen Verbände und die Gründung und Begleitung eines katholischen Bildungswerkes.

Ich habe mich ehrlich darum bemüht. Hilfe bekam ich von vielen, besonders aber von den Mitarbeiterinnen meines Büros, und hier in erster Linie von meiner Chefsekretärin Elisabeth Staiger. Bei meinem Vorgänger hatte sie schon beinahe die Flinte ins Korn geworfen. Aber Dieter Myhsok, der Geschäftsführer aller Volksbüros machte ihr Mut: „Mit dem neuen Chef werden Sie zurecht kommen!" Und so war es auch. Elisabeth Staiger und ich wurden ein Team, das den holperigen Karren Volksbüro tüchtig in Fahrt brachte. Sie hatte neben der Fleißarbeit im Büro das Talent, persönliche Kontakte zu knüpfen. Noch heute, wo sie längst in Rente ist, gibt es Menschen, die ihr dankbetonte Briefe schreiben.

In der Bildungsarbeit gab es damals auch den Auftrag, die so genannte Deutsche Frage im Gespräch zu halten. Dabei war die Landeszentrale für Politische Bildung unser Partner. Beliebt waren die Studienfahrten, zweimal im Jahr drei bis vier Tage lang an die Zonengrenze, und mindestens einmal eine Woche lang nach Berlin. Die Fahrten wurden staatlicht bezuschusst, waren also für die Mitfahrenden recht preiswert.

Zur Zonengrenzfahrt starteten wir mit dem Bus morgens um sechs Uhr ab Horb. Für mich hieß das, spätestens um fünf mit meinem PKW ab Altensteig. Einmal habe ich zu dieser frühen Stunde ein Reh angefahren. Der Förster war ziemlich muffelig, als ich ihn um diese Zeit aus dem Bett klingelte.

„Die Wunde des geteilten Vaterlandes" im Bewußt-
sein zu halten, war das eine, das andere wurde aber
genau so wichtig genommen, nämlich Land und
Leute kennen zu lernen und sich als Reisegruppe
köstlich zu amüsieren.
Erste Station war Bamberg, der Dom mit dem
Bamberger Reiter, der Domplatz mit den Gebäuden
aus unterschiedlichen Stilepochen, die Michaels-
kirche und nicht zuletzt die Bamberger Altstadt. Ein
Rauchbier im „Schlenkerla" war ebenfalls Pflicht.
Am frühen Nachmittag kamen wir in Coburg an.
Dort fand der Einführungsvortrag im Schützenhaus
statt. Dann ging's weiter nach Lauenstein. Das
Hotel „Post" bot sich an als Standquartier für alle
weiteren Erkundungsfahrten im „Tettauer Winkel".
Keine Frage, dass es schon am ersten Abend hoch
herging. Ich hatte meine Gitarre dabei und vor-
bereitete Spiele. Da konnte es auch sein, dass sich
eine „Favoritin" auftat, die mich zu Höchstleistun-
gen des Entertainments animierte. Meistens galt das
auch für alle weiteren Stationen.
Ein kleines Denkmal möchte ich hier dem
Polizeihauptmeister Bröckelhoff setzen, der uns
tagsüber „den Ernst der Lage" vor Augen führte,
Wachttürme und Todesstreifen eingeschlossen.
Aber auch die Schönheiten der Umgebung, hoch
von der „Thüringer Warte" aus betrachtet.
Rückfahrt war am Sonntagmorgen. Gottesdienst in
Vierzehnheiligen und Mittagessen in Würzburg. Die
Stadtführung könnte ich wohl heute noch halten.

Und am Grab des Minnesängers Walter von der Vogelweide im „Lusamgärtchen" gäbe es dann auch wieder ein kurzes Gedenken.

Die Studienfahrten nach Berlin hatten einen ähnlichen politischen Hintergrund, waren allerdings etwas aufwändiger. Einen Tag Hinfahrt mit dem Bus, Grenzübergang Hirschberg und dann „Holperstrecke Autobahn mit Tempo 80" bis Kontrollstelle „Vier Linden". Zurück genau so. In Berlin wohnten wir im „Haus der Zukunft", Zehlendorf, Goethe-Straße, U-Bahn-Station Krumme Lanke.

Der Leiter des Hauses, Herr Jöhren, hatte für uns das politische Programm zusammen gestellt. Tägliche Vorträge, bei denen das Schlafbedürfnis der teilnehmenden Damen und Herren getestet werden konnte. Denn auch damals schon brüstete man sich im Städtchen „Berlin ist durchgehend geöffnet". Entsprechend hart war die Anforderung, tagsüber wach zu bleiben oder doch wenigstens den Eindruck von politischem Interesse zu hinterlassen. Ganztägige Rundfahrten durch Berlin-West gehörten mit zum Programm. Und am Mittwoch ging's rüber nach Ostberlin. Für mich war das immer der Stress-Tag. Ich konnte noch so oft vorher alle notwendigen Verhaltensregeln einimpfen, irgendwas passierte immer. Bis zum Bahnhof Friedrichstraße hatte ich ja alle noch im Blick. Doch ab da musste jeder für sich selber sorgen. Erstes Ziel war die „Wachablösung" vor der Neuen Wache. Das wollten die meisten von uns sehen, wie die DDR-

Soldaten „mit klingendem Spiel" aufmarschierten. Danach kamen die individuellen Interessen: Museums-Insel oder rausfahren nach Pankow, billig Broiler essen oder „Unter den Linden" flanieren. Achtzehnuhr war Treff im „Haus der Zukunft". Wenn einer fehlte, begann die Aufregung. War was passiert oder hatte man sich nur verspätet? Eine Horror-Story war besonders aufregend. Dabei spielte ein Herr Bühler die Hauptrolle. Hatte er doch drüben in Ostberlin einfach bei Rot die Straße überquert. Trillerpfeife des Ostpolizisten! Mitkommen! Personalien! „So, so, ist Ihnen bewusst, dass Sie gegen ein Gesetz der Deutschen Demokratischen Republik verstoßen haben? Vielleicht ist auch noch sonst etwas zu beanstanden. Wir werden das prüfen."
Herr Bühler war ein junger Mann, in Altensteig bei der Sparkasse beschäftigt. Absolut integer. Nach der Ostberlin-Prozedur hatte er für lange Zeit von Berlin die Nase voll. Vielleicht heute nicht mehr, nach der Wiedervereinigung. Doch wer hätte damals davon zu träumen gewagt, einmal ohne Kontrolle durch ganz Berlin spazieren zu können. Ich jedenfalls nicht.

Verlockende Ziele

Zu meinen Aufgaben im Katholischen Volksbüro Horb gehörte es, ein Katholisches Bildungswerk zu gründen und es für den laufenden Bildungsbetrieb in Gang zu halten. Da ich im Volksbüro für zwei Landkreise zuständig war, hieß meine Einrichtung „Katholisches Bildungswerk Freudenstadt-Calw". Das Formale war geschafft, ich war auch der Geschäftsführer für den laufenden Betrieb, allerdings fehlte mir die Ausbildung zum Pädagogischen Leiter. Dazu mussten universitäre Studienabschlüsse nachgewiesen werden.

Aufgrund meiner Lebensgeschichte wusste ich, dass es manchmal auch Ausnahmen gibt und Umwege, um ein Ziel zu erreichen. Meine Strategie hatte mehrere Komponenten. Zunächst einmal wollte ich in der Rolle des Geschäftsführers mein Bildungswerk in die vorderen Reihen bringen. Mit der Anzahl von Unterrichtseinheiten war das leider nicht möglich.

In den größeren Städten waren die Leute viel bildungsbereiter als in meinen beiden Landkreisen. Mit Zahlen war also nichts zu machen. Vielleicht aber mit Qualität, dachte ich mir. Beispielsweise mit der Fähigkeit der Referenten, moderne Kommunikationsformen einzusetzen. Dazu brauchte ich aber einen Trainer. Den gab es sogar, wenn auch nur für teures Geld, Herbert Leger vom Eloque-Institut Freiburg.

Wenn auch die Damen und Herren Referenten stöhnten und nicht selten bittere Tränen geflossen sind, von einem gewissen Zeitpunkt an wurden nur

noch Referentinnen und Referenten eingesetzt, die an den „Leger-Kursen" teilgenommen hatten.
Die zweite Komponente meiner Strategie betraf die Gemeinden. Zielplanung hieß hier das Stichwort. Dabei ging es um die Erfassung von Zielgruppen und deren Bedürfnissen, kurzfristig, mittelfristig und langfristig. Da wurde mit Soll-Zielen und Kann-Zielen jongliert. Pfarrer und Kirchengemeinderäte gerieten ins Schwitzen, wenn vor jeder Veranstaltungsplanung die „Gemeinde-Matrix" analysiert werden musste: Was wollen wir, was können wir erreichen?
Ganz besonders ging es mir jedoch um meine eigene Fortbildung. Rhetorische Kommunikation, Motivation, Didaktik und die vielfältigen Bereiche des Lernens mit Erwachsenen habe ich in berufsbegleitenden Kursen belegt. In meinen Unterlagen liegen noch die Zertifikate von mehr als zwei Dutzend Weiterbildungskursen.
Selbstverständlich war für einen kirchlichen Bildungsreferenten auch das Studium der Theologie notwendig. Für mich kam da nur „Theologie im Fernkurs" infrage. Ich habe den Grundkurs von Januar 1979 bis März 1980 und den Aufbaukurs von Mai 1980 bis Juli 1981 besucht und mit der Gesamtnote „gut" bestanden.
Eine konkrete Hoffnung auf den Titel des Pädagogischen Leiters hatte sich im September 1979 eröffnet. Damals wurde ich zu einem berufsbegleitenden Zweijahreskurs zugelassen, der

vom „Institut für Weiterbildung" der Katholischen Frauengemeinschaft Deutschlands in Düsseldorf durchgeführt wurde. Mein Freund und Volksbürokollege Hubert Marthaler hatte diese Ausbildung schon vor mir abgeschlossen und war jetzt Pädagogischer Leiter im Bildungswerk Biberach. Doch als ich dann die zwei Jahre berufsbegleitenden Unterricht hinter mir hatte, kam die große Enttäuschung: Die Staatliche Anerkennung wurde diesem Kurs entzogen. Zwar galt er weiterhin als exzellente Ausbildung für das Lernen mit Erwachsenen, aber ein Recht auf Anstellung war damit nicht mehr verbunden.

Trotz dieser Enttäuschung hatte mich mein Mut noch nicht verlassen. Ich konnte es einfach nicht glauben, dass alle meine Bemühungen umsonst gewesen waren. Da gab es nämlich neuerdings und erstmalig ein so genanntes Kontaktstudium der Pädagogischen Hochschule Esslingen. Das Ministerium für Wissenschaft und Kunst hatte es für die Erwachsenenbildung in Auftrag gegeben.

Wieder einmal war ich berufsbegleitend vom 1. Oktober 1980 bis 31. März 1982 unterwegs. Doch zu dieser Zeit hatten sich schon die Fronten geklärt. Zwar war ich immer noch nicht als Pädagogischer Leiter meines Bildungswerkes in Diensten, dafür aber als Referent für Männerseelsorge und Männerarbeit vom Bischof ernannt worden. Nun hatte ich einen Auftrag für die ganze Diözese, und Titel und Gehalt stimmten auch.

Eine junge Frau mit Namen Lisa

Mein Wechsel vom Katholischen Volksbüro Horb
in die Diözesanstelle in Stuttgart wurde für mich in
gewisser Weise schicksalhaft. Nicht nur das Schicksal ungezählter Männer sollte ich in Zukunft kennen
lernen. Auch mein eigenes Leben bekam eine neue
Richtung. Und das kam so:
Eines Tages klingelte es an meiner Bürotüre. Herein
kam eine flotte junge Frau, die sich als Elisabeth
Baur vorstellte. Außerdem verkündete sie die Neu-
igkeit, dass sie es sei, die vom Volksbüro-Vorstand
als meine Nachfolgerin ausgewählt wäre. Da habe
ich nicht schlecht gestaunt. Erst einmal über die so
plötzlich hereingebrochene Frauenfreundlichkeit der
diözesanen Hierarchen, denn Frauen in Leitungs-
positionen waren ja längst noch nicht das Übliche.
Andererseits staunte ich auch über den Mut der
Bewerberin, sich in die Phalanx der gestandenen
Volksbüromänner wagen zu wollen. Darauf musste
„angestoßen" werden, was uns offensichtlich
beiderseits sympathisch machte.
Was folgte war ein interessanter Austausch über
kirchliche Präsenz in Dorf und Stadt. Auch sie war
in einem katholisch geprägten Elternhaus aufgewachsen. Die räumliche Nähe ihres Heimatortes
zum Zentrum der Schönstatt-Schwestern auf der
Liebfrauenhöhe bei Ergenzingen hatte zunächst eine
betonte Marienfrömmigkeit entstehen lassen. Vielleicht etwas zu sehr, weil sie jetzt im Gespräch

unumwunden zugab, in universitärer Zeit wenig Innenkontakte zur Kirche gepflegt zu haben. Diese Offenheit muss auch den Volksbüro-Vorstand beeindruckt haben, denn Lisa – wir waren längst beim „Du" gelandet – hatte die Herren diesbezüglich nicht im Unklaren gelassen.

Wie es schien, passten wir recht gut zusammen, denn auch mein Engagement in der Kirche war bis dahin nicht ohne Bläsuren und Verwundungen über die Runden gekommen. Hin und her tanzten die Argumente und Meinungen, und bald wurde es uns beiden klar, dass die bevorstehende Einarbeitungszeit noch viele lustvolle Stunden bereit halten würde, anfangs ganz ohne Hintergedanken, doch mehr und mehr auch mit dem Wunsch, den begonnenen Kontakt über den beruflichen Abschiedstermin hinaus fortzusetzen.

Seitdem sind nun mehr als dreißig Jahre ins Land gegangen. Keiner von uns konnte damals ahnen, dass unsere Begegnung im Volksbüro Horb der Anfang einer dauerhaften Partnerschaft werden würde. Was uns bis heute zusammenhält ist der gemeinsame Wunsch, dem jeweils anderen beizustehen und seine Entwicklung zu ermöglichen. Sich freuen, wenn der andere sich freut, sich mitsorgen, wenn der andere nicht mehr weiter weiß. Lisa ist darauf bedacht, dass ich meinen Freiraum habe und meine Freiheit leben kann. Gleichzeitig ist Lisa eine Frau, die ein große Nähe leben möchte. Ein Symbol unserer besonderen Nähe soll dieses

Buch sein, das ich auf ihren Wunsch hin geschrieben habe, Geschichte um Geschichte. Mein Wunsch eingeschlossen, unser schönes Miteinander noch lange erhalten zu können.

Männer im Umbruch

Als Referent für Männerseelsorge und Männerarbeit habe ich meinen Auftrag als Bildungsarbeit verstanden. Dazu war ich von der Diözese angestellt. Es gab aber auch noch ein Katholisches Männerwerk, ein verbandsähnliches Gebilde, in dem ich die Stelle des Diözesanleiters übernehmen sollte. Diesen Posten hatte bisher der Bundestagsabgeordnete Erwin Häußler bekleidet. Er wollte, dass ich sein Nachfolger würde, aber das Wahlgremium „Diözesanführungskreis" wollte das nicht. Als es zur Wahl kam, wurde ich nicht gewählt. Peinlich, denn Bischof Georg Moser war schon angereist, mich in der Funktion des Diözesanleiters zu bestätigen. Das Gremium brauchte ein ganzes Jahr Bedenkzeit, bis man zu einem positiven Votum bereit war.
Diese Doppelspitze in einer Person brachte dann bald auch einige Schwierigkeiten. Vom Diözesanleiter des Männerwerks erwartete man die Weiterführung traditioneller Männertage, so wie sie der verehrte Bundestagsabgeordnete gestaltet hatte, also überwiegend große Vortragsveranstaltungen und

Kundgebungen. Die Männer sollten dazu aufgerufen werden, auf dem Hintergrund des christlichen Menschenbildes in Staat, Gesellschaft, Kirche und Familie Verantwortung zu übernehmen. Doch so honorig die Ziele des Diözesanleiters Häußler auch gewesen sein mögen, die Zeiten hatten sich geändert. Eine emanzipatorische Frauenbewegung war entstanden. Die mangelnde Gleichberechtigung im privaten und gesellschaftlichen Bereich zwischen Männern und Frauen wurden im Land heiß diskutiert. Männerarbeit hatte meiner Meinung nach darauf eine Antwort zu finden. Doch leider erwartete man damals vom Referenten für Bildungsarbeit mit Männern im kirchlichen Bereich so gut wie nichts. Denn kaum jemand konnte sich vorstellen, dass man mit katholischen Männern etwas anderes bereden könnte, als sie in ihrer traditionellen Rolle zu bestärken.

Meine Vorstellung von Bildungsarbeit mit Männern war das nicht. Ich wollte lieber in überschaubaren Zirkeln und Gesprächsgruppen mit den Männern über die neuen Anforderungen nachdenken. Dafür gab es aber in den Gemeinden keine Basis. Auch die Bildungswerke winkten zunächst ab. „Männeremanzipation? Schwierig, zu solchen Themen kommt bei uns niemand!"

Also blieb mir nichts anderes übrig, als die gewohnten Veranstaltungsformen zu nützen, um meine neuen Männerthemen ins Gespräch zu bringen. Der traditionelle jährliche Diözesantag der

Männer sollte den Anfang machen. Als Hauptreferenten hatte ich Barthold Strätling aus Würzburg eingeladen. Unter der Gesamtthematik „Miteinander leben" sollte er „über die besonderen Schwierigkeiten des Sozialwesens Mann in der heutigen Zeit" sprechen. Das hat er auch brillant getan. Wir beide kannten uns seit Jahren, hatten auch schon manche Veranstaltung im Bildungswerk Freudenstadt-Calw miteinander gemacht und wollten nun bei meinem ersten Männer-Diözesantag gleich die Spur legen, was künftig unter Männern besprochen werden sollte.

Zur Hilfe geeilt waren auch liebe Kolleginnen und Kollegen aus der Erwachsenenbildung der Diözese. In den Gesprächskreisen walteten Erhard Gschwender, Leiter der Arbeitsstelle Erwachsenenbildung und Sigrid Lang, Leiterin der Frauenseelsorge, beide zum Thema „Der Mann zwischen Familie, Beruf und Engagement".

Barthold Strätling und Theresia Bokmeier diskutierten mit den Männern die Frage „Was wissen die Männer von ihren Frauen?" In einem anderen Gesprächskreis überlegte Dr. theol. Wolfgang Wieland mit den Männern, ob Kirche und Glaube auch Männersache sein könnte. Männer und Frauen im Bemühen vereint, die „neue Männerarbeit" in Gang zu bringen.

Zwar gab es zum Abschluss der Veranstaltung einigen Aufruhr. Besonders der im Männerwerk noch tätige Diözesanpräses Alfons Burger wollte die alte Tradition nicht so schnell verlassen. Doch darin bin ich ihm nicht gefolgt.

Alle weiteren Diözesantage wurden in die neue Richtung gelenkt. Gemeinsam mit Professor Dr. Tobias Brocher wollten wir im nächsten Jahr „die Zukunft wagen". Danach setzten wir uns „für ein besseres Miteinander der Generationen" ein. Unvergessen bleibt mir der Anblick, als bei einem Diözesantag in Untermarchtal im großen Saal über hundert Männer auf dem Fußboden lagen und unter Anleitung von Dr. Helmut Hark ihre „Männerträume" wahrzunehmen versuchten.

Ein neues Kapitel von Diözesantagen wurde jetzt aufgeschlagen. Es gab die besondere Veranstaltungsreihe mit den biblischen Themen „Väter-Söhne-Brüder, Männergeschichten der Bibel für Männer von heute". Von Kain und Abel bis David, von Abraham bis Jakob und Esau reichten die Väter-, Söhne- und Brudergeschichten, die unsere Männer zum Nachdenken bringen sollten. Zu all dem haben wir Literatur erstellt, die im ganzen deutschsprachigen Raum Beachtung gefunden hat.

Mit dem 50. Diözesantag zum Thema „Schritte zu einer männlichen Spiritualität" ist meine Dienstzeit nach sechzehn Jahren Männerarbeit zu Ende gegangen. Eine Schrift mit Beiträgen vieler Frauen und Männer lässt mich dankbar daran zurück denken, welchen ereignisreichen Weg wir miteinander gegangen sind.

Emanzipation – auch für Männer?

Die Diözesantage waren also auf der Spur. Schwieriger war es, die neuen Männerthemen in den Bildungswerken zu etablieren. Es stellte sich nämlich bald heraus, dass die „neue Männerarbeit" im Volke keine Lobby hatte. Besonders in den katholischen Gemeinden war wenig Interesse zu spüren. Das hatte uns auch schon Paul Michael Zulehner ins Stammbuch geschrieben. Der Wiener Pastoraltheologe wusste aus eigener Erfahrung: „Je kirchlicher und religiöser ein Mann ist, um so wahrscheinlicher lebt er die Einstellung eines traditionellen Mannes. Religion behindert Entwicklung; auch gute Entwicklung, leider. Und das unter der Voraussetzung, dass ein bestimmtes Bild der Geschlechter religiös favorisiert ist."
Basis-Arbeit war angesagt. Kleinste Schritte. Und viel Werbung. Sechzehn Jahre lang habe ich monatlich eine vierseitige Beilage in der Illustrierten „Weltbild" mit den neuen Männerthemen geschrieben. Auch der Chefredakteur des Katholischen Sonntagsblattes unserer Diözese, Alois Keck, griff mir stützend unter die Arme. Mit einem die Woche einleitenden „Grüß Gott" auf der ersten Innenseite durfte ich aus der Männerperspektive kleine Geschichten erzählen, vorab mein eigenes Foto. Von Juli 1984 bis November 1987 habe ich das neununddreißigmal getan. Tatsächlich wurde ich nun von vielen Menschen erkannt, allerdings

meinten die meisten, ich sei ein Redakteur des Katholischen Sonntagsblattes.

„Wer sind Sie?" frug mich eines Tages auch ein Anrufer von der Radio-Redaktion Stuttgart. Er hatte erfahren, dass im Bildungshaus Kloster Schöntal ein dreiteiliges Männer-Seminar stattfinden sollte. Jetzt wollte er wissen, wer so etwas anbietet. Über meinen Hinweis, dass es ein kirchlicher Anbieter sei, wunderte er sich. „Vermutlich evangelisch?" meinte er. „Nein, katholisch" war meine Antwort. Das wollte er zunächst nicht glauben. „Männer-Emanzipation und katholisch!" Das war neu für ihn, aber immerhin auch so interessant, dass er davon eine kleine Radio-Reportage gemacht hat. Als Unterstützung unserer Werbung war das außerordentlich wichtig. Werbung und Kooperation mit denen, die „schon auf dem Markt sind", das musste doch weiter helfen.

Zu den Etablierten gehörten damals auch die Frauen-Referate. Es konnte also nur nützlich sein, wenn zwischen meiner Männerstelle und der Diözesanstelle für Frauenseelsorge ein gewisses Miteinander möglich wurde. Die damalige Leiterin Sigrid Lang hatte ja schon bei meinem ersten Diözesantag einen Gesprächskreis geleitet. „Endlich tut sich auf der Männerseite auch was" hatte sie sich gefreut. Deshalb bot sie bald auch bei anderen Veranstaltungsformen eine Zusammenarbeit an.

„Mann sein – Frau sein" hieß unser erstes Seminar, das wir vom 19. bis 23. Mai 1982 im Feriendorf

„Sonnenrain" in Wittendorf bei Freudenstadt gemeinsam geleitet haben. Sigrid und ich verstanden uns gut. Das war die Voraussetzung, ein solches Thema angehen zu können. Hintergrund war zu dieser Zeit noch die Psychologie von C.G. Jung mit den Seelenbildern Anima und Animus. Der weibliche Anteil im Mann und der männliche Anteil in der Frau. Aus Männersicht hieß die damalige Zielrichtung, mehr Gefühle zuzulassen, die empfindsamen, pflegerischen und lebensfördernden Kräfte in den Männern zu stärken.

Es gab viele Folgeveranstaltungen zusammen mit Sigrid Lang. Immer wieder ging es darum, die Einseitigkeiten im Rollenverständnis der Geschlechter zu überwinden. „Mehr Ganzheit!" hieß die Anforderung, ein Thema, das zunehmend auch bei den Männern Interesse fand.

Weitere Frauen-Referentinnen waren nun zur Zusammenarbeit bereit. Im Bereich des Bildungswerkes Biberach war es Elfriede Hirsch, mit der ich die Veranstaltungsserie „Mann und Frau im Gespräch" leitete. Hier standen vor allem die Alltagsfragen im Vordergrund, wie Mann und Frau miteinander umgehen, in der Kommunikation, aber auch in der Sexualität.

Beziehungsthemen habe ich oft und gerne auch mit der Frauenreferentin Marga Oberhofer in den Bildungswerken angeboten. „Beziehungsweise wachsen" hieß eine beliebte Männer-Frauen-Veranstaltung, eine andere hatte den Titel „In

Beziehung leben". Eine besondere Beziehung entwickelte sich mit Elisabeth Baur, die nach ihrer Zeit im Volksbüro Horb nun Frauenreferentin im Bildungshaus Kloster Schöntal geworden war. Schöntal wurde ein wichtiger Stützpunkt für meine Arbeit. Es gab lange Serien von gemeinsamen Veranstaltungen, in denen wir die Entwicklung der etablierten Frauenbewegung und der aufkeimenden Männerbewegung zum Thema machten. Sehr erfolgreich war die von uns ins Leben gerufene Seminarreihe „Der Single-Mann, die Single-Frau zwischen Bindung und Freiheit". Lebenswünsche und Lebensziele von allein Lebenden kamen darin zur Sprache, auch die gesellschaftliche Situation der Singles, von der damals 34 Prozent der Menschen im Raum zwischen Stuttgart und Heilbronn betroffen waren.

Durch die vielen Mann-Frau-Veranstaltungen wurden mit der Zeit auch die Kurse und Seminare möglich, die sich allein an die Männer richteten. Sie wurden von Männern organisatorisch vorbereitet, die in den Paar-Seminaren die Notwenigkeit einer besonderen Männerbildung erkannt hatten. In Schwäbisch Gmünd hatte beispielsweise Gerhard Blassa diese Aufgabe übernommen. Hans Lutz brachte eine Gruppe interessierter Männer in Weingarten zusammen. Dann folgten die Bildungswerke Biberach, Ravensburg, Stuttgart und Ludwigsburg. Die einzelnen Themen sind hier nicht zu nennen. Eine große Anzahl von farbigen

Programmblättern habe ich mir jedoch noch aufbewahrt.

Wenn ich heute in diese Blätter schaue, dann denke ich auch an die umfangreiche Organisationsarbeit, die meine Stuttgarter Bürobesatzung zu leisten hatte. Vorab Gerald Jantschik, der mir als Diözesansekretär des Männerwerks eine große Hilfe war. Und ohne die tatkräftige Mitarbeit der beiden Sekretärinnen Renate Fleischmann und Regina Bocionek wäre wohl die aufkeimende „Neue Männerarbeit" bald im leidigen Papierkram stecken geblieben. So aber kam die Sache in Schwung. Besondere Aufmerksamkeit erregten die Seminare, aus denen sich eine so genannte „Männergruppe" entwickelte. Allein in Schöntal habe ich drei solcher Gruppen über längere Zeit begleitet. Eine Erfahrung, die ich nicht missen möchte.

Auf eines dieser Seminare möchte ich abschließend noch etwas näher eingehen. Es fand am 27. März 1993 in Laupheim statt und hatte den Titel „..damit du groß und stark wirst". In der Werbung hieß es: „Männer erinnern sich an die Zeit, als sie noch Jungen waren. Die Jahre im Elternhaus, der eigene Vater, wie er als Mann gewirkt hat. Und wie sich dann das eigene Mannsein gestalten konnte." Es gab auch noch den Hinweis, ein Foto vom Vater mitzubringen. In der Veranstaltung gab es eine bewegende Situation. Jeder hatte sein Vater-Foto auf einem DIN-A 4-Blatt oben links aufgeklebt. Ich hatte die Männer gebeten, ihr Vater-Bild zu betrachten und die dabei aufkommenden Gedanken und Empfindungen auf dem Blatt zu notieren.

Anschließend haben wir die Blätter miteinander angeschaut. Da gab es keines, auf dem nicht von Trauer, Groll, Unverstehen und Fremdheit die Rede war. Der eigene Vater, der vielen von uns immer noch fremd war, mit dem man nie richtig warm geworden war, wo viel unausgesprochener Groll mit sich herum getragen wurde.

Da saßen wir nun, manche mit Tränen in den Augen, vor unseren Vater-Bildern. Tastendes Nachsinnen, warum unsere Vater-Beziehungen so dürftig geblieben waren. Warum so wenig Nähe entstanden war. Warum so viel Unverständnis, warum so viel Unausgesprochenes zwischen Vater und Sohn, zwischen Sohn und Vater?

Dann sagte einer der Männer: „Ich stelle mir vor, dass mein Sohn in zwanzig Jahren in einer ähnlichen Veranstaltung sitzt. Dann klebt mein Bild auf dem Blatt. Und er hat das hingeschrieben, was er über mich denkt. Stellt euch das vor! Ich will es mir nicht vorstellen, aber ich müsste es doch eigentlich, jetzt wo noch Zeit ist.“

Ein versöhnlicher Abschluss

Wenn ich zurück denke dann fällt mir auf, dass es in meinem Leben überwiegend um berufliche Arbeit gegangen ist, die Kindheit einmal ausgenommen.

Diese Erkenntnis ist mir allerdings nicht neu. Nicht umsonst habe ich mich sechzehn Jahre lang mit dem Leben der Männer befasst. Da lernt man es, dass die meisten Männer für ihre Arbeit leben. Wie oft haben wir uns die Frage gestellt: „Wer bin ich denn noch, wenn ich nicht mehr meine Arbeit bin?" Das gilt auch für mich, ich muss es zugeben. Obwohl ich diese Haltung sehr problematisch finde, habe ich so gelebt.

Das gilt auch für die nachfolgende Geschichte. Im Präsidium der „Gemeinschaft Katholischer Männer Deutschlands" mit Sitz in Fulda war der Posten des Vizepräsidenten frei geworden. Bis dahin hatte ihn der Oberbürgermeister von Fulda eingenommen. Jetzt bot man mir dieses Ehrenamt an und ich wurde tatsächlich gewählt. Präsident war damals der ehemalige Sozialminister von Bayern Dr. Fritz Pirkl. Die „GKMD" hatte von der neuen Männerarbeit noch wenig gehört. Vielleicht, so dachte ich, wollten sie nun von mir erfahren, was man da Neues in Stuttgart entwickelt hatte.

Leider wollten sie das nicht. Im Gegenteil. Ich habe in diesem Gremium zwölf Jahre lang wie gegen Windmühlen gekämpft. Immerhin wurde ab und zu draußen etwas von dem Gebrause positiv registriert. So wurde ich im Laufe der Jahre in die Diözesen Essen, Osnabrück, Köln, Mainz und Limburg eingeladen, um von Stuttgarter Erfahrungen zu berichten. Doch in den „Fuldaer Runden" blieb Zoff angesagt, wenn Vize Fuhrmann das Wort ergriff.

Am Schluss der zwölfjährigen Streitgespräche gab es dann doch versöhnliche Worte. Professor Dr. Elmar Fastenrath, der Leiter der Arbeitsstelle für Männerarbeit in den deutschen Diözesen, sagte zu meiner Verabschiedung: „Es tut mir leid, dass du jetzt aus deinem Dienst ausscheidest. Gerne hätte ich dich weiterhin im Präsidium der „GKMD" gesehen, nicht nur gesehen, sondern auch auf deine Stimme gehört, die jetzt bei uns fehlen wird."

Nun ja, man weiß, was man zum Abschied zu sagen hat. Aber vielleicht ist doch etwas von der „neuen Männerarbeit" auch noch nach mir ins Präsidium eingedrungen. Denn inzwischen sind neue Männer in den Diözesen tätig. Männer-Referenten die wissen, wo es lang gehen muss. Beim Katholikentag in Mainz bin ich einem begegnet. Er meinte ein wenig verschämt: „Du, Michael, wofür du damals gekämpft hast, das kommt jetzt langsam, auch im Präsidium."

Immerhin war das Amt des Vizepräsidenten auch dafür gut, auf Bundesebene den Kontaktmann zur „Evangelischen Männerarbeit" zu machen. Das war mir wichtig und das habe ich gerne übernommen. Viele Jahre lang bin ich nach Berlin geflogen, um an ihren Haupttagungen teilzunehmen. Paul-Gerhard Hoerschelmann, ihr langjähriger Vorsitzender wird mir unvergesslich bleiben. Er wusste schon früh, in welche Richtung wir mit den Männern gehen sollten. In eine „Ganzheitlichkeit" hinein, gescheit und empfindsam, stark sein und zu den eigenen Schwächen stehen, geben und empfangen können. Aus seinen vielen Veröffentlichungen habe ich ein kleines Gedicht ausgewählt das ich gerne aufbewahren möchte.

HERBST
Warum entfaltest du deine Pracht so spät;
war nicht der Sommer schon trunken von
wartendem Glück?
Doch ahnungslos später Reife
strahlte er Zuversicht, die nicht geschah.
Erst jetzt werden wir die Fülle gewahr,
die das Jahr erbrachte –
an das Ziel gelangt.
Dem, der warten kann
und die Reife nicht versäumt.

„Dem, der warten kann..." wurde dann doch noch gegen Ende seiner Tätigkeit als Männer-Referent so manche Freude zuteil. Junge Männer kamen in unsere Dienststelle in Stuttgart, um ein Praktikum in Männerarbeit zu absolvieren. Martin Maier nahm sich Anregungen für seine Diplomarbeit. Ein junger Doktor der Theologie aus Wien hat sich bei uns eingemietet, um Praxiserfahrungen in der Männer-seelsorge zu machen. Pater Michael Overmann SDS hat im Frühjahr 1993 als Praktikant bei uns wichtige Impulse für eine zeitgemäße Männerarbeit ent-wickelt. Auf diesem Hintergrund veröffentlichte er die viel beachtete „Bibliographie der Männerliteratur" auf Diskette, erstmalig im deutschsprachigen Raum. Über 900 Titel, über 500 Bücher mit Inhaltsangabe und Kommentar, über 8000 Stichworte. Diese Arbeit, DE VIRIS genannt, erleichtert die Suche nach einer persönlich relevanten Männerliteratur. Nicht zu vergessen meine beiden Nachfolger in Stuttgart, Tilman Kugler und Wilfried Vogelmann. Wenn ich in ihre veröffentlichten Jahresprogramme hinein schaue, dann kann ich nur staunen, was aus dem anfangs so kleinen und bescheidenen Pflänzchen „Männerarbeit" werden konnte.

Zurück schauend bin ich dann auch etwas stolz, besonders über den Hinweis, den der Männer-Referent Heinz Prömper in seine Doktorarbeit hinein geschrieben hat. Das Buch ist im Jahre 2003 im Schwabenverlag erschienen und trägt den Titel „Zeitenwende – Emanzipatorische Männerarbeit". Dort lese ich auf Seite 388: „Damit ist Michael Fuhrmann der Pionier der neuen institutionellen Katholischen Männerarbeit".

INHALTSVERZEICHNIS